Narzeczona z Belle Haven

Słodki romans historyczny o koniach, skandalu i odnalezionej rodzinie

Catherine Bilson

Shenanigans Press

Spis treści

Rozdział pierwszy

Pan Richard Bell nigdy by nie pomyślał, że popadnie w taką desperację, by szukać guwernantki w sierocińcu. A jednak stał teraz z kapeluszem w dłoni na zniszczonych, kamiennych schodach Sierocińca przy Duke Street. Prosty, ceglany budynek majaczył przed nim, surowy i niegościnny, tak odmienny od pofałdowanych, zielonych pastwisk jego posiadłości Belle Haven w Hampshire. Lecz jego córki potrzebowały edukacji i wskazówek, a on wyczerpał już wszystkie konwencjonalne możliwości.

Ciężkie dębowe drzwi zaskrzypiały, gdy Richard wszedł do środka, a dźwięk odbił się echem w przepastnej sieni. W powietrzu unosił się zapach mydła ługowego i gotowanej kapusty, ani przyjemny, ani do końca odpychający — po prostu instytucjonalny. Podbiegła do niego młoda dziewczyna, by zapytać o cel wizyty, a jej oczy rozszerzyły się nieznacznie, gdy dostrzegła jakość jego płaszcza i lśniących butów.

— Pan Bell do pani Hatton — oznajmił z uprzejmym skinieniem głowy. — Sądzę, że się mnie spodziewa.

Dziewczynka dygnęła pospiesznie i pomknęła korytarzem, a jej kroki stukały cicho o zużyte deski podłogowe. Richard czekał, przyglądając się surowemu otoczeniu. Czysty, lecz skromnie urządzony korytarz nie miał żadnych ozdób poza pojedynczą, wyblakłą makatką, głoszącą schludnymi, choć nieco krzywymi ściegami: „Dobroczynność zaczyna się w domu".

— Tędy, proszę pana — dziewczynka pojawiła się znowu, wskazując na otwarte drzwi. — Pani Hatton pana przyjmie.

Pani Hatton podniosła się zza biurka, gdy Richard wszedł do małego, prosto umeblowanego pokoju. Była kobietą około pięćdziesiątki, o stalowosiwych włosach ściągniętych w ciasny kok i z okularami osadzonymi na orlim nosie. Jej czarna suknia była znoszona, ale nieskazitelnie czysta, i choć na twarzy nosiła wyryte bruzdy kogoś, kto wiele w życiu przeszedł, jej oczy były niezwykle bystre i przenikliwe.

— Panie Bell — przywitała go. — Rozumiem, że poszukuje pan guwernantki.

— Owszem, pani Hatton. — Richard ukłonił się z szacunkiem. — Dziękuję, że zgodziła się pani ze mną spotkać.

— Proszę siadać. — Wskazała na drewniane krzesło naprzeciwko biurka. — Przyznaję, że zdziwił mnie pański list. Dżentelmeni o pańskiej pozycji zazwyczaj korzystają z usług agencji, gdy poszukują służby domowej.

Richard usiadł na krześle, kładąc kapelusz na kolanie. — Próbowałem w agencjach, pani Hatton. W trzech różnych, żeby być dokładnym.

Uniosła brew, a jej spojrzenie było niewzruszone. — I napotkał pan pewne trudności?

— Owszem. Nie z kwalifikacjami guwernantek, lecz z ich... wrażliwością. — Richard zawahał się, starannie dobierając słowa. — Moja rodzina w Belle Haven nie jest do końca konwencjonalna.

— Z mojego doświadczenia wynika, że niewiele rodzin jest — odparła sucho pani Hatton. — Choć podejrzewam, że pańska może być mniej konwencjonalna od większości. — Uniosła brew, a w kącikach jej ust drgnęło coś, co niemal mogłoby uchodzić za uśmiech.

Richard uśmiechnął się mimo woli. — Jest pani bezpośrednia, prawda?

— Odkryłam, że to oszczędza czas. — Splotła dłonie na biurku. — Jeśli mam polecić którąś z moich dziewcząt do pańskiego domu, muszę wiedzieć, w co się pakują.

Richard wyprostował ramiona. To była chwila, której się obawiał, wiedział jednak, że jest konieczna. — Moje trzy córki, z prawnego punktu widzenia, nie są moimi córkami.

Wyraz twarzy pani Hatton pozostał beznamiętny; czekała, aż będzie kontynuował.

— Moja najstarsza, Clara, jest dzieckiem mojej zmarłej siostry. Jej ojciec... — Richard przerwał. — Siostra nie chciała wyjawić, kim był. Niestety, zmarła przy porodzie. Moi rodzice postanowili zatrzymać Clarę i wychować ją jak własną córkę, ale oboje odeszli cztery lata temu. Clara nie znała innego domu niż Belle Haven; nie mogłem znieść myśli o odesłaniu jej. Jestem jedynym ojcem, jakiego będzie pamiętać.

— Rozumiem. — Głos pani Hatton nieco złagodniał. — A pozostałe?

— Anna jest moją przyrodnią siostrą. Skutkiem... niedyskrecji mojego ojca. — Szczęka Richarda zacisnęła się. — Moja matka przez kilka lat nie czuła się dobrze, a ojciec szukał pocieszenia gdzie indziej. Po jego śmierci kochanka przyprowadziła mi dziecko, dając do zrozumienia, że go nie zatrzyma; nie mogłem odwrócić się od własnej siostry. A Eliza, najmłodsza, została dosłownie podrzucona na mój próg pewnej zimowej nocy, owinięta jedynie w cienki koc.

Richard obserwował twarz pani Hatton w poszukiwaniu oznak szoku lub dezaprobaty, których zaczął się spodziewać, lecz jej wyraz pozostał opanowany.

— A więc przyjął pan te trzy dziewczynki jak własne dzieci — stwierdziła, a nie zapytała.

— Tak jest. Są moimi córkami pod każdym względem, który ma znaczenie — powiedział stanowczo Richard. — Noszą moje nazwisko, zostały ochrzczone jako moje córki w naszym lokalnym kościele i zawsze będą pod moją ochroną.

— A kandydatki na guwernantki sprzeciwiały się takiemu układowi?

Richard westchnął powoli. — Po kilku odmowach, gdy wyjawiłem prawdę podczas wstępnych rozmów, przestałem o tym mówić agencjom. Pierwsza guwernantka, którą do nas przysłano, odeszła w ciągu dwóch tygodni, twierdząc, że nie może uczyć dzieci o tak „wątpliwym pochodzeniu". Druga wytrzymała prawie miesiąc, po czym oświadczyła, że żaden szanujący się dom nie skrywałby takich tajemnic. Trzecia... — Potrząsnął głową. — Trzecia poinformowała mnie, że *jej* reputacja zostanie nieodwracalnie zniszczona, jeśli społeczeństwo odkryje, że jest zatrudniona w domu o tak skandalicznej opinii.

Pani Hatton zdjęła okulary i z namysłem przetarła je chusteczką. — I sądzi pan, że jedna z moich sierot mogłaby być bardziej wyrozumiała dla pana sytuacji?

— Miałem nadzieję — przyznał Richard. — One zaznały trudności. Być może nie byłyby tak skore do osądzania.

— Być może — zgodziła się pani Hatton, zakładając z powrotem okulary. — Choć muszę pana ostrzec, panie Bell, że wiele naszych dziewcząt ponad wszystko pragnie szacunku. Nie mając go z urodzenia, zazdrośnie strzegą tego, co zdołają zdobyć.

Richard skinął głową, czując nową falę zniechęcenia. — Rozumiem.

— W jakim wieku są pańskie córki? — zapytała pani Hatton, zmieniając temat.

— Clara ma siedem lat, Anna pięć, a mała Eliza właśnie skończyła cztery. Tak mi się wydaje. — Wzruszył ramionami. — Musieliśmy oszacować jej wiek, gdy znaleźliśmy ją na progu. — Richard pochylił się lekko. — To bystre, ciekawe świata dziewczynki, pani Hatton. Zasługują na coś więcej niż prowizoryczną edukację, którą moja gospodyni i ja możemy im zapewnić.

Pani Hatton przyglądała mu się przez dłuższą chwilę. — Wydaje się pan dobrym człowiekiem, panie Bell.

— Staram się nim być — odparł po prostu.

Kiwnęła głową, najwyraźniej podjąwszy decyzję. — Doskonale wiem, co dzieje się z młodymi dziewczętami pozostawionymi bez ochrony czy przewodnictwa. W tym budynku mieszkają dziesiątki takich nieszczęśnic. — Otworzyła księgę na biurku. — Mam dwie kandydatki, które mogłyby pasować. Panna Helen Milnes; ma dwadzieścia jeden lat, jest oczytana i uczyła w miejscowej szkole. Oraz panna Josephine Clarke, która ma dwadzieścia trzy lata i doświadczenie jako guwernantka dzienna u rodziny kupieckiej w Cheapside.

Richard poczuł mały promyk nadziei. — Czy mógłbym je poznać?

— Oczywiście. Choć sugerowałabym... — pani Hatton urwała, stukając palcem w księgę. — Czy nie byłoby rozsądnie, aby pańskie córki również je poznały? Dzieci mają do takich spraw instynkt.

Brwi Richarda uniosły się z zaskoczenia. — Właśnie na to miałem nadzieję. Guwernantki będą przecież mieszkać z dziewczynkami. To, czy przypadną sobie do gustu, wydaje się kluczowe.

— Oczywiście. — Pani Hatton skinęła głową. — Kiedy chciałby pan zaaranżować te spotkania?

— Myślałem o przywiezieniu dziewczynek do Londynu w przyszłym tygodniu, jeśli to nie będzie dla pani kłopotem. Czy moglibyśmy spotkać się z kandydatkami tutaj?

— Tutaj będzie odpowiednio — odparła pani Hatton. — Choć muszę ostrzec, że nasze warunki są skromne.

— Skromność mi nie przeszkadza, pani Hatton — zapewnił ją Richard. — Jedynie nieżyczliwość.

Przełożona skinęła głową z aprobatą. — W takim razie jesteśmy umówieni. Czy przyszły wtorek o jedenastej by panu odpowiadał?

— Idealnie — potwierdził Richard, powstając z krzesła. — Nie wiem, jak pani dziękować za wyrozumiałość.

— Jeszcze niczego nie obiecałam, panie Bell — upomniała go pani Hatton, również wstając. — Muszę rozważyć, co będzie najlepsze dla moich dziewcząt, a także dla pańskiej rodziny.

— Oczywiście. Nic innego bym od pani nie oczekiwał. Zatem do wtorku. — Richard po raz pierwszy od miesięcy poczuł prawdziwy optymizm. Być może wreszcie znalazł kogoś, kto rozumiał, że rodzina to coś więcej niż więzy krwi. Jego córki na nic mniej nie zasługiwały.

Gdy pani Hatton prowadziła Richarda przez mroczne korytarze Sierocińca przy Duke Street w stronę tylnego wyjścia, zastał się na rozmyślaniu o potencjalnych spotkaniach w przyszłym tygodniu. Perspektywa znalezienia odpowiedniej guwernantki po tylu rozczarowaniach nagle wydała się bardziej obiecująca, choć nie śmiał być zbyt wielkim optymistą.

— Pański koń jest w zaułku za budynkiem — wyjaśniła pani Hatton, a jej solidne trzewiki stukały miarowo o podłogę. — Trzymamy tam małą stajnię na dostawy i sporadyczne wierzchowce gości. Nic tak wspaniałego, jak to, do czego musi być pan przyzwyczajony, jak sądzę.

— Mam prostsze gusta, niż mogłaby pani sądzić, pani Hatton — zapewnił ją Richard. — Większość dni spędzam w ubłoconych butach, wśród moich koni.

Brwi pani Hatton uniosły się lekko. — Naprawdę? Większość dżentelmenów pańskiej pozycji woli pozostawiać takie sprawy swoim stajennym.

— Wierzę, że zasięgnęła pani o mnie informacji, pani Hatton — odparł, a ona w odpowiedzi obdarzyła go niewyraźnym uśmiechem. Oczywiście, że tak, pomyślał, a jego szacunek dla niej wzrósł. Chciała się upewnić, że nie umieści jednej ze swoich podopiecznych w sytuacji, która mogłaby okazać się nie do zniesienia.

— Jest pan zamożnym człowiekiem, panie Bell — powiedziała.

— Owszem, ale majątek ten został zdobyty całkiem niedawno. To mój dziadek rozpoczął hodowlę w naszej posiadłości w Belle Haven, zaopatrując wojsko w konie. Biorąc pod uwagę wojny ostatnich dekad, na wysokiej jakości wierzchowce jest ogromne zapotrzebowanie.

Wyszli na wąski zaułek oddzielający sierociniec od skromnej stajni na tyłach. Gdy się zbliżali, Richard usłyszał cichy, kobiecy głos dobiegający z otwartych drzwi stajni.

— Jesteś wspaniała, prawda? Takie łagodne oczy jak na tak potężne stworzenie. Och, ale twoja grzywa jest tutaj splątana, pozwól, że...

Wyraz twarzy pani Hatton stwardniał, gdy przyspieszyła kroku. Richard podążył za nią, ciekawy, kto mógł zajmować się jego klaczą, Ballerą.

Gdy weszli do środka, zobaczyli młodą kobietę stojącą obok gniadej klaczy. Stała do nich tyłem, przeczesując szczotką grzywę konia delikatnymi, wprawnymi ruchami. Miała na sobie prostą, szarą suknię sierocińca, a jej mysiobrązowe włosy były związane w prosty węzeł na karku. Mimo niepozornego wyglądu, było coś uderzającego w tym obrazie — ogromny koń stał potulnie pod jej opieką, z zadowoleniem opuszczając łeb, podczas gdy dziewczyna pracowała.

— Panno Wilkes! — Głos pani Hatton był niczym trzask bicza w tej spokojnej scenie. — Co pani sobie wyobraża?

Młoda kobieta drgnęła gwałtownie, upuszczając szczotkę, gdy się odwróciła. Jej okrągła twarz poczerwieniała jak burak, gdy dostrzegła surowe oblicze pani Hatton i nieoczekiwaną obecność Richarda.

— P-pani Hatton! Ja tylko... — Zerkała rozpaczliwie to na przełożoną, to na Richarda, a jej brązowe oczy były szeroko otwarte z przerażenia. — Chłopiec stajenny musiał załatwić sprawę dla kucharki i poprosił, żebym zerknęła na... — Zamilkła pod miażdżącym spojrzeniem pani Hatton.

— Panno Wilkes, doskonale pani wie, że stajnie nie są odpowiednim miejscem dla młodej damy — powiedziała ostro pani Hatton.

— Nie miałam złych zamiarów — odparła dziewczyna głosem ledwie głośniejszym od szeptu. — Wyglądała tak wspaniale, a miała splątaną grzywę...

Richard zauważył, że panna Wilkes unikała jego wzroku, zamiast tego spoglądając na konia, jakby czerpała pocieszenie z obecności zwierzęcia. Ballerina ze swej strony delikatnie szturchnęła ramię dziewczyny, niemal powodując, że ta się potknęła.

— Bardzo przepraszam — zwróciła się pani Hatton do Richarda. — Panna Wilkes zawsze miała nienaturalną słabość do koni, pomimo naszych starań, by skierować jej uwagę na bardziej stosowne zajęcia.

Panna Wilkes wzdrygnęła się na słowo „nienaturalną", a jej już zaróżowione policzki przybrały szkarłatny odcień. Dygnęła pospiesznie. — Najszczerzej przepraszam, proszę pana. Strasznie przekroczyłam swoje kompetencje.

— Nic się nie stało — powiedział szybko Richard, zaintrygowany ewidentną znajomością koni przez dziewczynę. — Właściwie Ballerina wydaje się być panią oczarowana, co jest niezwykłe. Bywa dość wybredna co do tego, kto się nią zajmuje.

Panna Wilkes spojrzała w górę z zaskoczenia, po raz pierwszy napotykając jego wzrok. Jej oczy miały ciepłą, brązową barwę, niczym kasztany świeżo wypadłe z łupin, a obecnie lśniły od niewylanych łez zażenowania.

— D-dziękuję, panu — wyjąkała, po czym zebrała spódnice i uciekła.

Richard obserwował jej pospieszną ucieczkę, zauważając, z jaką gracją poruszała się mimo wyraźnego zakłopotania. — Ma podejście do koni — zauważył.

Pani Hatton westchnęła. — Pannę Wilkes zawsze do nich ciągnęło, od czasu, gdy trafiła tu jako dziecko. Próbowaliśmy zniechęcić ją do tego zainteresowania jako niestosownego dla jej stanu, ale... — Potrząsnęła głową. — Niektóre skłonności trudno przekierować.

Richard podszedł do Balleriny, przesuwając dłonią po lśniącej szyi klaczy. — Wykonała świetną robotę z Balleriną. Proszę spojrzeć, jaka jest spokojna, a naprawdę nie przepada za obcymi. — Odwrócił się do pani Hatton. — Kim jest ta dziewczyna?

— Theresa Wilkes. Trafiła do nas w wieku ośmiu lat, gdy jej rodzice zmarli na febrę. Ma teraz dziewiętnaście lat; to dobra dziewczyna, sumienna i miła, choć nieco nieśmiała. — Wyraz twarzy pani Hatton nieco złagodniał. — Pomaga przy młodszych dzieciach i wykazała zdolności do nauczania, choć brakuje jej pewności siebie.

— Dlaczego jej nazwisko nie znalazło się na pani liście potencjalnych guwernantek? — zapytał Richard, a jego ciekawość została w pełni rozbudzona.

Pani Hatton wyglądała na zaskoczoną pytaniem. — Panna Wilkes nie ma jeszcze dwudziestu lat, proszę pana. Naszą zasadą jest, aby nie umieszczać dziewcząt na stałych posadach, dopóki nie osiągną tego wieku i nie zdobędą doświadczenia poprzez pracę dzienną.

Richard skinął głową z namysłem, sprawdzając popręg Balleriny, zanim ją odwiązał. — Jaka szkoda. Moje córki uwielbiają jeździć konno; mają własne kucyki. Guwernantka, która mogłaby jeździć z nimi i doceniać ich miłość do koni, byłaby darem niebios.

Na twarzy pani Hatton pojawił się wyraz zamyślenia. — Sugeruje pan, że panna Wilkes mogłaby nadawać się do pańskiego domu ze względu na swoje zamiłowanie do koni.

Richard skinął głową. — Guwernantka, która ceni konie, zrozumiałaby nasz styl życia. Belle Haven nie jest typową posiadłością; jesteśmy w równej mierze działającym gospodarstwem, co rezydencją dżentelmena.

— Panna Wilkes nie ma formalnego wykształcenia guwernantki — zauważyła pani Hatton. — Czyta i pisze poprawnie, nieźle radzi sobie z rachunkami i podstawami geografii, ale to nic w porównaniu z umiejętnościami, jakich można by oczekiwać.

— Moje córki potrzebują obecnie więcej życzliwości i cierpliwości niż francuskich czasowników czy skomplikowanego haftu — odparł Richard. — Te wyrafinowane umiejętności mogą przyjść później. Na razie potrzebują kogoś, kto nie będzie ich osądzał za okoliczności, na które nie miały wpływu.

Pani Hatton przyglądała mu się przez dłuższą chwilę. — Jest pan zdeterminowany, by pod wieloma względami wykraczać poza utarte schematy, prawda, panie Bell?

— Uważam, że konwencji często brakuje wyobraźni, pani Hatton. — Richard uśmiechnął się. — Czy byłoby możliwe uwzględnienie panny Wilkes podczas naszego spotkania w przyszłym tygodniu? Chciałbym, aby moje córki poznały ją, tak samo jak pozostałe kandydatki.

— To wielce nieregularne — zmarszczyła brwi pani Hatton. — Jest młodsza niż zazwyczaj pozwalamy i nie ma żadnego doświadczenia poza tymi murami.

— Każdy musi gdzieś zacząć — zauważył Richard.

Opór pani Hatton wyraźnie osłabł. — Panna Wilkes ma niewiele perspektyw — przyznała. — Brakuje jej urody, która mogłaby zapewnić jej męża, a jej nieśmiałość sprawia, że nie nadaje się na wiele stanowisk. Myślałam, żeby umieścić ją u modystki lub szwaczki, gdy skończy dwadzieścia lat.

— Ale powiedziała pani, że ma zdolności do nauczania?

— Tak — przyznała pani Hatton. — Jest cierpliwa w stosunku do maluchów, a one ją uwielbiają. Opowiada najwspanialsze historie – oczywiście całkowicie stosowne — dodała pospiesznie.

— W takim razie bardzo chciałbym, żeby poznała moje córki. Jeśli jest pani skłonna zrobić wyjątek.

Pani Hatton poprawiła okulary, najwyraźniej ważąc swoją odpowiedzialność wobec instytucji w stosunku do potencjalnej szansy dla Theresy Wilkes.

— Zgoda — powiedziała wreszcie. — Uwzględnię pannę Wilkes w spotkaniach w przyszły wtorek. Ale niczego więcej nie obiecuję, panie Bell. Jeśli uznam, że stanowisko jest nieodpowiednie dla jej dobra, nie zawaham się tego powiedzieć.

— Niczego innego bym nie oczekiwał. Dziękuję, pani Hatton. Z niecierpliwością oczekuję naszego spotkania w przyszłym tygodniu.

Gdy odjeżdżał, Richard rozmyślał o nieśmiałej młodej kobiecie, która tak delikatnie opiekowała się jego koniem. Londyński zgiełk wirował wokół niego, gdy prowadził Ballerinę w stronę swojego miejskiego domu, ale myśli Richarda były już w Hampshire, wyobrażając sobie, jak jego córki mogą zareagować na pannę Theresę Wilkes i jej miłość do koni. Po raz pierwszy od miesięcy poczuł prawdziwą nadzieję.

# Rozdział drugi

Przez wszystkie lata spędzone w sierocińcu na Duke Street Theresa Wilkes nie znalazła miejsca, które bardziej przypominałoby jej dom niż mała, pachnąca sianem stajnia. Oparta o zniszczone drewno boksu, wdychała pocieszający zapach koni i skóry, podczas gdy stary Biscuit, sędziwy kucyk z sierocińca, szturchał jej dłoń w poszukiwaniu ogryzka, który zachowała dla niego ze śniadania.

— Proszę, kochany chłopcze — mruknęła, głaszcząc siwiejący pysk Biscuita, gdy ten zbierał wargami smakołyk. Jego sierść, niegdyś intensywnie kasztanowa, wyblakła do matowego brązu, podobnie jak mysie włosy Theresy, które nie chciały się kręcić. — Dobrana z nas para, prawda? Oboje trochę niepozorni, oboje pomijani.

Biscuit parsknął cicho, jakby się nie zgadzał, a Theresa się uśmiechnęła. Poranne słońce wpadało przez zakurzone okna stajni, malując złote wzory na pokrytej słomą podłodze. Na zewnątrz słyszała młodsze dzieci na lekcjach, ich głosy wznosiły się i opadały niczym odległy ptasi śpiew. Pani Hatton wkrótce zacznie jej szukać; czekały na nią cerowania i niekończący się korowód obowiązków, które przypadały w udziale starszym dziewczętom z Duke Street.

Ale na razie to było jej sanktuarium. Trzy boksy — obecnie tylko jeden zajęty — siodlarnia z siodłami i uzdami wiszącymi niczym zapomniane skarby oraz słodkie, zakurzone powietrze, które w jakiś sposób pachniało wolnością. Theresa nauczyła się jeździć na Biscuicie, gdy była mała, a uczył ją jeden ze stajennych, który odszedł w poszukiwaniu lepszej pracy. Teraz to ona opiekowała się starszym kucykiem, jedyna, która pamiętała, by zachować dla niego ogryzki i czerstwe skórki od chleba.

— Pani Hatton mówi, że dłużej nie mogą sobie pozwolić na twoje utrzymanie — szepnęła Theresa, przyciskając czoło do czoła Biscuita. — Ale nie pozwolę im cię zabrać. Będę ciężej pracować, obiecuję.

Odgłos kopyt na bruku przerwał jej komunię z kucykiem. Zaciekawiona Theresa wyjrzała przez drzwi, a jej oczy rozszerzyły się z szoku, gdy Ben, który pracował jako stajenny, gdy akurat nie pomagał w ogrodach lub nie załatwiał sprawunków, prowadził alejką konia.

Nigdy w życiu Theresa nie widziała takiego konia. Klacz stała dumnie, jej szczupaczy profil i łukowato wygięta szyja świadczyły o arabskiej krwi, choć potężne łopatki i zad zdradzały domieszkę cięższej rasy; sierść miała głęboki, gniady odcień, a czarna grzywa i ogon spływały kaskadą w dół. Nawet z tej odległości Theresa widziała inteligencję w oczach konia, dumne, czujne uszy i delikatne chrapy, które lekko rozszerzały się w wiosennym powietrzu.

— Och — wydyszała, a pojedyncza sylaba zawierała w sobie więcej tęsknoty, niż kiedykolwiek odważyłaby się wyrazić na głos.

— Panno — Ben skinął głową Theresie, prowadząc klacz do stajni. — Ta piękna dama ma tu poczekać, aż jej właściciel porozmawia z panią Hatton.

— Popilnuję jej — zaoferowała szybko Theresa, a jej głos zabrzmiał obco w jej własnych uszach. — I tak jestem tu z Biscuitem.

Ben wzruszył ramionami, wyraźnie zadowolony, że został zwolniony z obowiązku. — Jak pani chce. Kucharka prosiła, żebym poszedł na targ rybny. Tylko proszę jej nie puszczać wolno. Założę się, że jest warta więcej niż my oboje razem wzięci.

Klacz spojrzała na Theresę z ostrożnym zainteresowaniem, strzygąc uszami.

— Witaj, piękna — powiedziała cicho Theresa, nie próbując się zbliżyć. Wiedziała, że nie należy się spieszyć przy zdenerwowanym koniu. — Czyż nie jesteś najcudowniejszym stworzeniem?

Na dźwięk łagodnego tonu uszy klaczy skierowały się do przodu, a Theresa się uśmiechnęła. Zaczęła cicho nucić kołysankę, którą niewyraźnie pamiętała z wczesnego dzieciństwa, sprzed czasów sierocińca. Nucąc, poruszała się powoli, jej ciało było rozluźnione i otwarte, a ruchy płynne i niegroźne.

Gniada klacz wyciągnęła elegancką szyję, a jej chrapy rozszerzyły się, gdy wciągała zapach Theresy. Theresa wyciągnęła pustą dłoń, pozwalając klaczy ją zbadać.

— Obawiam się, że nic dla ciebie nie mam — przeprosiła. — Ale z wielką chęcią bym cię poznała.

Ku jej zachwytowi klacz przytknęła aksamitny pysk do jej dłoni, a potem otarła swój wielki łeb o ramię Theresy, prawie wytrącając ją z równowagi.

— Och! — roześmiała się Theresa, podtrzymując się słupka boksu. — Jesteś przyjacielska, prawda?

Pogłaskała konia po szyi, podziwiając jedwabistą sierść i potężne mięśnie pod nią. — Chciałabym móc na tobie pojeździć — szepnęła. — Chociaż raz. Poczuć, jak to jest latać. Ciekawe, jak masz na imię? Coś wspaniałego, założę się. Może Księżniczka. To by do ciebie pasowało.

Theresa kochała wszystkie konie, ale każdy mógł zobaczyć, że ta klacz była iście królewska. Sama jej obecność napawała Theresę podziwem; dziewczyna straciła poczucie czasu, głaszcząc lśniącą sierść klaczy. W pewnym momencie dostrzegła kołtun w grzywie i poszła po szczotkę.

Prawie krzyknęła z szoku, gdy pani Hatton ostro zawołała jej imię; szczotka upadła na podłogę. Młody mężczyzna stojący z przełożoną musiał być właścicielem tej wspaniałej klaczy; powiedział coś miłego, ale jedynym słowem, które naprawdę do niej dotarło, było Ballerina. Ballerina to imię wspaniałej gniadej klaczy. Idealne imię dla konia, który poruszał się, jakby każdy krok był tańcem, pomyślała Theresa, uciekając. Jednak zamiast wrócić do głównego budynku zgodnie z poleceniem, zatrzymała się i przycisnęła ucho do zwietrzałego drewna, ciekawa właściciela klaczy.

Theresa ledwo mogła uwierzyć w to, co słyszy, gdy pani Hatton i mężczyzna rozmawiali. Ona? Kandydatka na guwernantkę? Żeby mieszkać z końmi? Wydawało się to zbyt nieprawdopodobne, by mogło być prawdą.

Głosy stały się głośniejsze, kopyta Balleriny zastukały, gdy mężczyzna prowadził ją w stronę drzwi, a Theresa wiedziała, że powinna odejść, zanim zostanie przyłapana na podsłuchiwaniu. Ukryła się za stajnią, dopóki nie odeszli, a potem wślizgnęła się z powrotem do środka i usiadła na stercie siana, a w jej głowie wirowało z niedowierzania.

— Aua — powiedział czyjś głos, a siano pod Theresą poruszyło się.

— Co u... — Theresa zerwała się na nogi, a spod siana wygrzebała się mała postać. — Molly! — wykrztusiła Theresa, rozpoznając swoją młodą przyjaciółkę. — Co ty tu robisz?

Molly Tate uśmiechnęła się do niej szeroko, z sianem we włosach i smugami brudu na piegowatej twarzy. W wieku czternastu lat miała takiego samego bzika na punkcie koni jak niegdyś Theresa i wymykała się do stajni, ilekroć udało jej się uciec od obowiązków.

— To samo co ty — szepnęła dziewczyna. — Chowam się przed robotą!

Theresa otworzyła usta, żeby powiedzieć, że niezupełnie to robiła, ale zaraz je zamknęła. Nie powinna kłamać.

Oczy Molly były szeroko otwarte z ekscytacji. — Theresa, czy dobrze słyszałam? Ten dżentelmen chce, żebyś została guwernantką jego córek?

Theresa potrząsnęła głową z zadziwieniem. — Sama ledwo w to wierzę. Przynajmniej bierze mnie pod uwagę. Ale są inne, z większym doświadczeniem, lepszym wykształceniem...

— Ale żadna nie ma twojego podejścia do koni! — upierała się Molly. — Widziałaś, jak ta wspaniała klacz do ciebie lgnęła? Jakbyście były starymi przyjaciółkami!

Mimo niedowierzania Theresa nie mogła powstrzymać uśmiechu, który rozlał się po jej twarzy. — To najpiękniejsze stworzenie, jakie kiedykolwiek widziałam. Taka pełna gracji i dumy.

— A jej pan też niczego sobie — zachichotała Molly, szturchając Theresę w żebra. — Widziałaś te niebieskie oczy? Jak letnie niebo!

— Molly! — zganiła ją Theresa, choć nie mogła powstrzymać śmiechu. — To dżentelmen, a ja jestem tylko sierotą. Poza tym, on szuka guwernantki, a nie żony.

— Mimo wszystko! — westchnęła Molly rozmarzona. — Wyobrażasz sobie, być codziennie w otoczeniu takich koni jak ta gniada?

Theresa pozwoliła sobie na chwilę wyobrazić sobie taką sytuację: życie poza Duke Street, wypełnione stworzeniami, które kochała najbardziej. — To brzmi cudownie — przyznała. — Ale nie mogę robić sobie nadziei. Pani Hatton ma rację! Nie mam żadnego przygotowania do bycia guwernantką.

— Ale cały czas pomagasz uczyć maluchy — zaprotestowała Molly. — I najlepiej potrafisz sprawić, żeby były grzeczne.

— To co innego niż prawdziwe lekcje w klasie — powiedziała Theresa, a rzeczywistość zgasiła jej chwilowy wzlot fantazji. — I tak, to nie jego koń ma mnie polubić, tylko sam dżentelmen. I jego córki.

Mina Molly nieco zrzedła. — Chyba masz rację. Ale mimo wszystko, Theresa, poprosił o ciebie konkretnie. To musi coś znaczyć.

— Zobaczymy — powiedziała Theresa, ściskając ramię swojej młodej przyjaciółki. — A teraz lepiej wracajmy, zanim pani Hatton nas obie złapie i żadna z nas nie będzie miała szansy na nic lepszego niż szorowanie podłóg w dormitorium przez miesiąc.

Gdy wymykały się ze swojej kryjówki, Theresa nie mogła stłumić maleńkiego płomyka nadziei, który zapłonął w jej sercu. Trzy małe dziewczynki, które jej potrzebowały. I konie, piękne konie jak ta gniada klacz. To było marzenie zbyt słodkie, by się nad nim rozwodzić, z obawy, że może się rozwiać jak poranna mgła. Ale po raz pierwszy od lat Theresa pozwoliła sobie wyobrazić przyszłość poza murami sierocińca na Duke Street.

Wezwanie nadeszło tuż po kolacji, dostarczone przez dziewczynkę o szeroko otwartych oczach, nie starszą niż siedem lat, która bez tchu poinformowała Theresę, że pani Hatton chce ją natychmiast widzieć w swoim gabinecie. Theresa poczuła, jak jej żołądek się zaciska, gdy wygładzała swoją wyblakłą, szarą sukienkę, sprawdzając, czy kołnierzyk leży prosto, a włosy są tak schludne, na ile pozwalały ich uparte fale. Przez wszystkie lata spędzone w Duke Street wezwanie do prywatnego gabinetu przełożonej rzadko zwiastowało dobre wieści, chociaż dziś, po niezwykłych porannych wydarzeniach w stajni, ośmieliła się zastanawiać, czy może ten jeden raz będzie inaczej.

— Czy pani Hatton mówiła, czego chciała? — zapytała Theresa dziecko, które podskakiwało z nogi na nogę na korytarzu.

— Nie, proszę pani, tylko, że ma pani przyjść natychmiast. — Dziewczynka zamilkła, a jej ciekawość była aż nadto widoczna. — Ma pani kłopoty, panno Thereso?

Theresie udało się uśmiechnąć. — Mam nadzieję, że nie, Lucy. Uciekaj już, lepiej nie każę pani Hatton czekać.

Gdy Lucy pobiegła, Theresa wzięła uspokajający oddech. Rozmowa, którą podsłuchała tego ranka, ponownie odtworzyła się w jej umyśle. Dżentelmen szukający guwernantki dla swoich córek. Myśl, że ona, zwykła Theresa Wilkes bez formalnego wykształcenia i koneksji, mogłaby być brana pod uwagę na takie stanowisko, wciąż wydawała jej się absurdalna. A jednak, wyraźnie poprosił, aby jej nazwisko zostało dodane do listy kandydatek.

Droga do gabinetu pani Hatton wydawała się zarówno zbyt długa, jak i zbyt krótka. Myśli Theresy wyprzedzały jej kroki, wyobrażając sobie, co może zostać powiedziane, jakie pytania mogą zostać zadane i jakich odpowiedzi powinna udzielić. Zanim dotarła do imponujących dębowych drzwi z mosiężną tabliczką z nazwiskiem, jej dłonie były wilgotne od nerwowego potu.

Zapukała nieśmiało.

— Wejść — dobiegł z wnętrza stanowczy głos pani Hatton.

Theresa weszła do gabinetu, pokoju, który odwiedziła być może kilkanaście razy w ciągu swoich dziewiętnastu lat. Była to przestrzeń, która odzwierciedlała charakter pani Hatton: uporządkowana, surowa, ale niepozbawiona akcentów wskazujących na łagodniejszą naturę pod szorstką powierzchownością. Półki z książkami ciągnęły się wzdłuż jednej ściany, wypełnione tomami o zarządzaniu domem, edukacji moralnej i kilkoma mocno zniszczonymi powieściami. W prostej ramce wisiała makatka z wyhaftowanym napisem: „Komu wiele dano, od tego wiele wymagać się będzie". Powierzchnia biurka była zaaranżowana z drobiazgową precyzją, z kałamarzem, bibularzem i tacą na korespondencję, z których każde miało swoje wyznaczone miejsce.

Sama pani Hatton siedziała za biurkiem, wyprostowana, a jej siwiejące włosy były ściągnięte w ciasny kok na karku. Nie była piękną kobietą, ale jej rysy były mocne, a spojrzenie bezpośrednie. Theresa nauczyła się szanować jej sprawiedliwość, jeśli nie zawsze surowość.

— Usiądź, Thereso — powiedziała pani Hatton, wskazując na krzesło o prostym oparciu naprzeciwko jej biurka.

Theresa przysiadła na krawędzi siedzenia, splatając dłonie na kolanach, by powstrzymać je od nerwowego poruszania. — Chciała mnie pani widzieć?

Pani Hatton przyglądała jej się przez dłuższą chwilę, zanim przemówiła. — Wyobrażam sobie, że masz pewne pojęcie, dlaczego cię tu wezwałam.

Theresa zawahała się. Czy powinna przyznać się do podsłuchiwania? Czy udawać ignorancję? Jej wrodzona uczciwość zwyciężyła. — Ja... podsłuchałam część pani rozmowy z tym dżentelmenem dziś rano. O posadzie guwernantki.

Ku jej zaskoczeniu, wyraz twarzy pani Hatton nieco złagodniał. — Tak też myślałam. Nigdy nie byłaś skłonna do oszustwa, Thereso, nawet gdyby mogło ci to wyjść na dobre. — Westchnęła. — Tak, pan Richard Bell z Belle Haven poprosił, abyś była brana pod uwagę jako potencjalna guwernantka dla jego trzech córek.

Chociaż już o tym wiedziała, usłyszenie tego tak jasno wypowiedzianego sprawiło, że serce Theresy podskoczyło. — Nie rozumiem dlaczego, proszę pani. Nie mam żadnych kwalifikacji na takie stanowisko.

— Formalnych z pewnością nie — zgodziła się pani Hatton. — Ale pomagałaś w edukacji młodszych dzieci, a pan Richard wydawał się pod wielkim wrażeniem twojego podejścia do jego konia. — Blady uśmiech pojawił się na jej ustach. — Sama przez lata obserwowałam twoje powinowactwo ze zwierzętami. To dar, Thereso.

— Dziękuję, proszę pani — mruknęła Theresa, niepewna, jak odpowiedzieć na niespodziewany komplement.

Wyraz twarzy pani Hatton stał się poważniejszy. — Zanim przejdziemy dalej, musimy omówić pewne... delikatne sprawy dotyczące tej posady. — Zatrzymała się, zdając się dobierać słowa z namysłem. — Sytuacja domowa pana Richarda jest nieco nietypowa. Te trzy młode damy nie są, ściśle mówiąc, jego córkami z urodzenia.

Theresa zamrugała ze zdziwienia. — Nie są, proszę pani?

— Nie. — Palce pani Hatton lekko zastukały o wypolerowaną powierzchnię biurka. — Dwie z nich są z nim spokrewnione, ale pochodzą z nieprawego łoża, a trzecia to podrzutek, którego postanowił adoptować. Są w społeczeństwie tacy, którzy uważają decyzję pana Richarda o samodzielnym wychowaniu dziewcząt, zamiast umieszczenia ich w szanowanej rodzinie, za... nieregularną.

— Ale z pewnością opieka nad osieroconymi dziećmi jest chrześcijańskim obowiązkiem — powiedziała Theresa, nie mogąc powstrzymać nuty oburzenia w głosie. — Jak ktokolwiek mógłby to krytykować?

— Świat poza tymi murami nie zawsze kieruje się chrześcijańskimi zasadami, Thereso — powiedziała sucho pani Hatton. Spojrzała na Theresę przenikliwym wzrokiem. — Muszę wiedzieć, Thereso, czy ta sytuacja sprawiałaby ci kłopot. Czy czułabyś się nieswojo, pracując w domu, w którym reputacja twojego pracodawcy mogłaby być przez niektórych kwestionowana? Gdzie twój własny charakter mógłby być poddany ocenie przez skojarzenie?

Theresa nie zawahała się. — Nie, proszę pani. Wcale by mi to nie przeszkadzało.

— Odpowiadasz bardzo szybko — zauważyła pani Hatton. — Czy w pełni rozważyłaś, co to może oznaczać?

— Całe życie żyłam w cieniu nieregularnych okoliczności, proszę pani — powiedziała cicho Theresa. — Jak pani wie, moje własne narodziny nie były... konwencjonalne.

Pani Hatton skinęła głową. — Twoja matka nie była zamężna. Kochanka dżentelmena, jeśli wierzyć listowi, który z tobą zostawiono.

Theresa widziała ten list tylko raz, kiedy skończyła szesnaście lat i pani Hatton uznała, że jest wystarczająco dorosła, by poznać prawdę o swoim pochodzeniu. Był krótki, napisany kobiecą ręką, wyjaśniający, że Theresa jest naturalną córką metresy barona, która zmarła przy porodzie. Nie było wzmianki o imieniu jej ojca, jedynie, że był żonatym mężczyzną, który nie mógł uznać jej istnienia.

— Tak, proszę pani — potwierdziła Theresa. — Więc jak pani widzi, nie jestem w pozycji, by osądzać innych za okoliczności, na które nie mieli wpływu. Zwłaszcza dzieci.

Wyraz twarzy pani Hatton znów złagodniał. — Wyrosłaś na rozważną młodą kobietę, Thereso. Często myślałam, że to szkoda, iż twoje pochodzenie ograniczyło twoje perspektywy. — Wyprostowała kilka papierów na biurku. — Dobrze więc. Porozmawiajmy o samej posadzie.

Przez następny kwadrans pani Hatton nakreśliła, czego oczekiwano by od Theresy jako guwernantki w Belle Haven: edukacji trzech dziewcząt w zakresie czytania, pisania, arytmetyki, rysunku i właściwego zachowania. Miałaby własny pokój w skrzydle dziecinnym, pół dnia wolnego w tygodniu i skromną pensję, która wydawała się bajońską sumą komuś, kto nigdy nie zarobił więcej niż kilka pensów za dorywcze prace krawieckie.

— Oczywiście — podsumowała pani Hatton — musisz zrozumieć, że pan Richard będzie przeprowadzał rozmowy z kilkoma kandydatkami. Panny Milnes i Clarke mają więcej doświadczenia niż ty. Nie chcę, żebyś nastawiła się na tę posadę tylko po to, by się rozczarować.

Theresa skinęła głową, próbując zignorować uczucie pustki w żołądku. Oczywiście. Głupotą było wyobrażać sobie, nawet przez chwilę, że mogłaby zostać wybrana zamiast kandydatek z prawdziwymi kwalifikacjami. — Rozumiem, proszę pani.

— Mimo to — kontynuowała pani Hatton, zaskakując ją — napisałam list polecający, podkreślając twoje naturalne podejście do dzieci i twoje zaangażowanie w pomoc przy lekcjach młodszych tutaj. A pan Bell wydawał się być pod wrażeniem twojej relacji z jego koniem.

Nadzieja znów zamigotała w piersi Theresy, maleńki płomyk, który próbowała osłonić przed wiatrami rozczarowania. — Dziękuję, proszę pani. To bardzo miłe.

— To jedynie prawda. — Pani Hatton wstała, dając znak, że ich rozmowa dobiegła końca. — Pan Bell wróci we wtorek ze swoimi córkami, aby przeprowadzić rozmowy z kandydatkami. Załóż swoją niedzielną sukienkę i upewnij się, że masz porządnie upięte włosy. Pierwsze wrażenie ma znaczenie, Thereso.

— Tak, proszę pani. — Theresa wstała z krzesła, dygnęła lekko, zanim odwróciła się, by wyjść.

— I Thereso — zawołała za nią pani Hatton — pamiętaj, że bez względu na to, czy zdobędziesz tę posadę, czy nie, masz wartość wykraczającą poza okoliczności twojego urodzenia. Zawsze uważałam cię za chlubę Duke Street, pomimo twojej skłonności do chowania się w stajniach, gdy powinnaś być przy swoich obowiązkach.

Theresa odwróciła się, zaskoczona rzadkim uśmiechem na twarzy przełożonej. — Dziękuję, proszę pani — powiedziała, a jej głos zgęstniał od nagłego wzruszenia.

Gdy zamknęła za sobą drzwi gabinetu, Theresa oparła się na chwilę o ścianę korytarza, a w jej głowie kłębiły się myśli o możliwościach. Belle Haven. Pan Bell. Trzy małe dziewczynki, które potrzebowały kogoś, kto by się nimi zaopiekował. I konie, piękne konie jak ta gniada klacz.

Ledwo śmiała mieć nadzieję. Opuszczenie Duke Street dla takiej posady wydawało się zbyt podobne do bajki, a Theresa Wilkes była na tyle praktyczna, by wiedzieć, że bajki rzadko się sprawdzają w przypadku zwykłych, pulchnych sierot bez koneksji i majątku. A jednak, gdy wracała do dormitorium, nie mogła całkiem pozbyć się wizji Belle Haven, która ukształtowała się w jej umyśle – miejsca, do którego wreszcie mogłaby należeć.

Wtorek pokaże. A do tego czasu pozwoli sobie pomarzyć, chociaż odrobinę.

Rozdział trzeci

Richard Bell wysiadł ze swojego powozu przed imponującymi ceglanymi murami sierocińca. Zerknął na swoje trzy córki, których oczy rozszerzyły się z ciekawości, gdy rozglądały się po nieznanym otoczeniu. Clara, Anna i Eliza były nienagannie ubrane w dobrze skrojone sukienki i czepki, każdy strój ozdobiony delikatnymi koronkowymi lamówkami. Kiedy wysiadały z powozu, Richard nie mógł nie zauważyć, jak bardzo ich ubiór kontrastował z prostymi, grubymi ubraniami sierot, które ciekawie wyglądały przez okna.

— Chodźmy, moje drogie — powiedział Richard łagodnie, biorąc małą dłoń Elizy w swoją, podczas gdy

Clara i Anna uczepiły się poły jego surduta. Razem weszli do sierocińca, a ciężkie drzwi skrzypnęły, zamykając się za nimi i odcinając ich w słabo oświetlonym wnętrzu.

— Panie Bell, witamy — przywitała ich pani Hatton sztywnym skinieniem głowy, gdy rodzina weszła do jej gabinetu. — Mam nadzieję, że podróż minęła panu przyjemnie?

— Owszem, dziękuję pani — odparł Richard.

— I wam również dzień dobry, panienki. — Zaskakująco ciepły uśmiech pojawił się на twarzy pani Hatton, gdy kucnęła, by przywitać córki Richarda. — Jestem pani Hatton. Bardzo miło mi panienki poznać.

Tylko Clara była na tyle śmiała, by odpowiedzieć. — Dzień dobry — powiedziała cichutko, wykonując zgrabny dygnitarz. Anna i Eliza próbowały naśladować starszą siostrę, a Richard uśmiechnął się z miłością do całej trójki.

— Jeśli zechce pan pójść za mną, nasza pierwsza kandydatka czeka w pokoju muzycznym. Jest utalentowaną muzyczką i chciałabym, żeby zademonstrowała panu swoje umiejętności gry.

Poszli za panią Hatton do innego pokoju, gdzie młoda kobieta wstała od fortepianu.

— Pozwolę sobie przedstawić pannę Helen Milnes, jedną z naszych najzdolniejszych młodych dam — powiedziała pani Hatton z nutą dumy. Richard przyjrzał się stojącej przed nim ładnej blondynce, zwracając uwagę na jej opanowaną postawę i pewne uniesienie podbródka. Zamrugała kilka razy, przyglądając się jego córkom, i wiedział, co widzi. Przynajmniej Clara była do niego podobna; choć jej włosy były jaśniejsze, miała te same niebieskie oczy, oczy jego siostry. Anna jednak miała złotą skórę i skośne oczy swojej matki, która urodziła się w Chinach, a ciemnobrązowa skóra Elizy i ciasno skręcone czarne włosy świadczyły o jej pochodzeniu z Afryki lub Indii Zachodnich... żałował, że nie wie dokładnie skąd.

Trzeba jej przyznać, że panna Milnes zachowała niewzruszony wyraz twarzy. Richard przypuszczał, że pani Hatton musiała poinformować kandydatki, chociaż przyznał, że tak naprawdę nie uprzedzał, iż dwie z jego adoptowanych córek mają mieszane pochodzenie rasowe.

— Panno Milnes — zwrócił się do niej z uprzejmym skinieniem głowy. — Poszukujemy guwernantki, która uczyłaby moje córki. Czy byłaby pani zainteresowana taką posadą?

— Oui, Monsieur — odparła Helen z nienagannym francuskim akcentem. — Byłabym zaszczycona.

— Proszę opowiedzieć nam o swoich talentach — zachęcił Richard, zerkając na córki, które wpatrywały się w kobietę z szeroko otwartymi oczami.

— En plus de parler français, doskonale radzę sobie również z haftem, jak pan widzi — powiedziała Helen ze skromnym uśmiechem, wskazując na delikatne kwiaty wyhaftowane na jej kołnierzyku. — Potrafię też grać na pianinie i całkiem nieźle śpiewać, jeśli wolno mi tak powiedzieć. Uczyłam w miejscowej szkole, Akademii Świętego Mateusza.

— Czy zechciałaby pani dać nam mały pokaz? — zapytał Richard, wskazując na fortepian. Starszy instrument, zauważył, ale dobrze utrzymany.

— Oczywiście — zgodziła się Helen, z gracją podchodząc do instrumentu. Zagrała łagodną, rytmiczną melodię i zaśpiewała akompaniament słodkim głosem, a jej palce z wprawą tańczyły na klawiszach. Clara i Anna patrzyły z szeroko otwartymi oczami, wyraźnie pod wrażeniem jej talentu. Nawet mała Eliza wydawała się na chwilę oczarowana, zanim jej uwaga znów powędrowała do zabawkowego konika, którego mocno ściskała w dłoni.

— Dziękuję, panno Milnes — powiedział Richard, gdy ucichły ostatnie nuty. — Pani talenty są rzeczywiście imponujące.

— Merci beaucoup, Monsieur — odparła Helen, z gracją skłaniając głowę.

— Panno Milnes, jeśli mogę zapytać — zaczął Richard, przyglądając się opanowanej młodej kobiecie. — Jakie jest pani zdanie na temat koni?

Przez chwilę na delikatnych rysach Helen pojawiło się zaskoczenie, a jej oczy rozszerzyły się nieznacznie. Szybko się opanowała, oferując lekki uśmiech, który zdawał się maskować nutę niepokoju. — Cóż, proszę pana, muszę przyznać, że niewiele miałam z nimi do czynienia — powiedziała taktownie, a w jej głosie dało się wyczuć najlżejsze drżenie. — Są dość... duże.

— Rozumiem — odparł Richard, kiwając powoli głową, po czym zerknął na svoje córki, które zdawały się podzielać jego rozczarowanie. W jego umyśle kłębiły się myśli, zastanawiał się, jak kluczowa będzie miłość do koni w nauczaniu i wychowywaniu jego dziewczynek.

— Dziękuję ci, Helen. W takim razie chodźmy — powiedziała pani Hatton energicznie, dając rodzinie znak, by podążyli za nią słabo oświetlonym korytarzem. — Teraz poznają państwo pannę Josephine Clarke.

Gdy weszli do kolejnego skromnego pokoju, przywitał ich widok uderzająco pięknej młodej kobiety z lśniącymi czarnymi włosami, które opadały kaskadą za ramiona. Jej ciemne oczy błyszczały ciepłem i inteligencją, a gdy wstała ze swojego miejsca, posłała im promienny uśmiech.

— Panie Bell, позвольте mi przedstawić panu pannę Josephine Clarke — powiedziała pani Hatton formalnym tonem.

— Oczarowany — odparł Richard, kiwając grzecznie głową, jednocześnie obserwując niezaprzeczalny urok emanujący z pięknej kandydatki na guwernantkę.

— Panna Clarke jest utalentowaną artystką — dodała pani Hatton, wskazując na mały stolik pokryty szkicownikami i ołówkami węglowymi.

— Chciałybyście zobaczyć? — zapytała Josephine, a jej oczy błysnęły, gdy spojrzała na Clarę, Annę i Elizę.

Dziewczynki ochoczo skinęły głowami, a Josephine zręcznie przekartkowała jeden ze swoich szkicowników, wybierając czystą stronę. W ciągu kilku chwil uchwyciła błyszczące oczy Clary, nieśmiały uśmiech Anny i niesforne ciemne loki Elizy, a węgiel zdawał się tańczyć pod jej wprawnymi palcami.

— Wow! — westchnęła Eliza, jej małe rączki mocno zaciskały się na zabawkowym koniku, gdy z podziwem wpatrywała się w portrety nabierające kształtów na kartce.

— Rzeczywiście — zgodził się Richard, czując rozlewające się w piersi ciepło, gdy obserwował zachwycone reakcje córek. — Ma pani prawdziwy talent, panno Clarke.

— Dziękuję, panie Bell — odpowiedziała Josephine, dygnęła skromnie, a jej policzki zarumieniły się z przyjemności. — Zawsze miło jest sprawiać radość poprzez sztukę.

Richard nie mógł się oprzeć wrażeniu, że są bliżej znalezienia odpowiedniej osoby dla jego dziewczynek, ale jedno kluczowe pytanie pozostało niezadane.

— Panno Josephine, muszę zapytać — powiedział Richard — jakie ma pani zdanie na temat koni?

Josephine podniosła wzrok znad szkicownika, a jej ciemne oczy spotkały się z jego szczerym spojrzeniem. — Och, panie Bell — powiedziała bez chwili wahania — jeśli mam być szczera, uważam je za wielkie, śmierdzące stworzenia. Mam nadzieję, że zatrudni pan instruktora jazdy konnej dla swoich córek, jeśli takie jest pańskie życzenie, ponieważ wolę nie zbliżać się do koni bardziej niż na odległość tylnego siedzenia zamkniętego powozu.

Uśmiech Richarda légèrement zbladł na jej odpowiedź, ale skinął głową ze zrozumieniem. Wiedział, że не każdy podziela jego pasję do koni i niesprawiedliwością byłoby tego oczekiwać od potencjalnej guwernantki. Mimo to nie mógł powstrzymać ukłucia rozczarowania na dosadne wyznanie Josephine, nawet doceniając jej szczerość.

Gdy pani Hatton odprawiła Josephine, po czym wyszła z pokoju, by przyprowadzić Theresę, Richard odciągnął Clarę, Annę i Elizę na bok, a jego głos był cichy i poważny.

— Co dziewczynki myślicie o pannie Josephine i pannie Helen? — zapytał, szukając w ich twarzach jakiejkolwiek oznaki preferencji.

Dziewczynki wymieniły zamyślone spojrzenia, ich miny były pełne niepewności. Jasne było, że żadna z kandydatek nie wywarła na nich jeszcze silnego wrażenia.

— Panna Helen całkiem ładnie śpiewa, papo — odważyła się powiedzieć Clara, jej ton był ostrożny, gdy mówiła o talentach młodej kobiety. — Mogłaby nas też uczyć francuskiego i haftu.

Anna kiwnęła głową, dodając: — Tak, wydaje się miła. Myślę, że mogłybyśmy się od niej wiele nauczyć.

Richard obserwował twarze córek, zauważając ich uprzejme, lecz mało entuzjastyczne miny. Jego wzrok padł na Elizę, która do tej pory milczała. — A ty co myślisz, Elizo? — zapytał łagodnie. — Masz jakieś zdanie na ten temat?

Twarz Elizy rozjaśniła się, gdy została włączona do rozmowy. — Podobał mi się rysunek panny Josephine! — zawołała, a jej podekscytowanie było oczywiste. — Narysowała mnie jak księżniczkę!

Richard uśmiechnął się na entuzjazm najmłodszej córki, a jego serce ogrzały małe iskierki radości, które znajdowała w życiu. — Rzeczywiście, jej artyzm jest imponujący — zgodził się.

— Obie panie mają swoje zalety — zamyślił się Richard, gładząc się po brodzie, gdy rozważał opinie dziewczynek. — Ale żadna zdaje się nie podzielać naszej miłości do koni, co jest ważną częścią naszego życia w Belle Haven.

Trzy siostry wymieniły spojrzenia, a ich młode umysły zmagały się z wagą decyzji, która przed nimi stała.

— Zachowajmy otwarte umysły, dopóki nie poznamy Theresy — doradził Richard, wyczuwając ich wahanie. — Musimy wybrać najlepsze dopasowanie dla naszej rodziny, kogoś, kto nie tylko będzie was edukować, dziewczynki, ale także zrozumie, co czyni nasz dom wyjątkowym.

— Oczywiście, papo — odpowiedziała Clara, a jej oczy błyszczały zaufaniem. — Chcemy dokonać właściwego wyboru.

Drzwi otworzyły się ponownie, a pani Hatton wprowadziła do pokoju Theresę. W porównaniu z dwiema poprzednimi kandydatkami, cechowała ją pewna bezpretensjonalność. Jej pulchna figura oraz proste, brązowe włosy i oczy ostro kontrastowały z elegancją i bardziej konwencjonalną urodą panny Helen i panny Josephine.

— Panie Bell, to jest Theresa Wilkes — przedstawiła ją pani Hatton z nutą rezerwy w głosie. — Thereso, może opowiesz panu Bellowi, co potrafisz?

Theresa zawahała się, bawiąc się rąbkiem sukni, gdy napotkała spojrzenie Richarda. — Cóż, proszę pana, muszę przyznać, że nie jestem szczególnie uzdolniona w żadnej konkretnej dziedzinie — zaczęła cichym, ale pewnym głosem. — Umiem czytać i pisać, znam matematykę, ale na pianinie gram tylko na tyle dobrze, by sobie akompaniować przy jednej czy dwóch piosenkach.

Zamilkła, biorąc głęboki oddech, zanim kontynuowała. — Jeśli chodzi o rysunek, potrafię naszkicować prosty kwiatek. Umiem szyć porządnym, prostym ściegiem i cukup dobrze szyć ubrania, ale nie wyróżniam się w hafcie. Obawiam się, że nigdy nie miałam okazji do nauki, by rozwijać jakiekolwiek talenty poza podstawami.

Richard przyglądał się jej przez chwilę, zauważając szczery wyraz w jej ciepłych, brązowych oczach. Było coś odświeżającego w jej uczciwości. Pod jej skromną powierzchownością wyczuwał cichą siłę i odporność, które go intrygowały.

— Thereso — powiedział łagodnie — to godne pochwały, że jesteś szczera co do swoich umiejętności. Chociaż prawdą jest, że szukamy guwernantki, która zapewni moim córkom wszechstronną edukację, ważne jest również, aby miały nauczycielkę, która jest autentyczna i szczera.

Zerknął na swoje córki, které z ciekawością obserwowały Theresę. Choć brakowało jej zewnętrznego piękna i talentów poprzednich kandydatek, było w niej niezaprzeczalne ciepło, которое zdawało się je przyciągać.

— Dziękuję, proszę pana — odpowiedziała Theresa, a jej policzki pokrył lekki rumieniec. — Może nie mam wiele do zaoferowania pod względem talentów, ale obiecuję dołożyć wszelkich starań dla pańskich córek i zawsze być z panem szczera.

— Czy mogę zamienić z panem słowo, panie Bell? — powiedziała wtedy pani Hatton, a on skinął głową, odwracając wzrok od Theresy.

— Elizo — powiedział Richard łagodnie, kiwając głową w stronę najmłodszej córki. — Może pokażesz pannie Wilkes svoju nową zabawkę? — To zajmie je na kilka chwil, enquanto on porozmawia z przełożoną, pomyślał.

Z radosnym piskiem Eliza pogrzebała w kieszeni fartuszka, po czym wyjęła małego drewnianego konika, starannie wyrzeźbionego i pomalowanego. Jej oczy błyszczały jasno, gdy uniosła go, by Theresa mogła go zobaczyć, wyraźnie dumna ze swojego cennego nabytku.

— Czyż nie jest śliczny, panno Wilkes? — zapytała Eliza z zapałem, a jej głos пepepełniony był ekscytacją. — Papa kupił mi go na targu w zeszłym tygodniu.

— Rzeczywiście jest — zgodziła się Theresa, a jej własne oczy rozjaśniły się szczerym entuzjazmem, gdy uklękła na zniszczonym dywanie obok Elizy. — Mogę przyjrzeć się bliżej?

— Oczywiście! — odparła Eliza, wkładając malutkiego konika w wyciągniętą dłoń Theresy. Gdy młoda kobieta z wielką starannością oglądała zabawkę, na kącikach jej ust pojawił się delikatny uśmiech.

— Czy on ma imię? — zapytała, spotykając szeroko otwarte spojrzenie Elizy z ciepłem, które zdawało się promieniować z samej jej duszy.

— Jeszcze go nie wybrałam. Nie jestem dobra w wymyślaniu imion.

— Wygląda trochę jak Biscuit, kucyk, który mieszka w naszych stajniach. Może mogłabyś go nazwać Biscuit! — zaproponowała Theresa.

Eliza zachichotała. — To śmieszne imię. Biscuit! Potrafisz sprawić, żeby galopował? — zapytała Eliza z oczami szeroko otwartymi z oczekiwania.

— Oczywiście — odparła Theresa, delikatnie przesuwając zabawkę wzdłuż dywanu w imitacji pełnego gracji galopu, ku wielkiej radości Elizy. Chichoty i radość najmłodszej dziewczynki zdawały się mieć zaraźliwy efekt, gdyż Clara i Anna przyglądały się z rosnącymi uśmiechami i собственным śmiechem.

Pani Hatton westchnęła ciężko, a Richard spojrzał na przełożoną, by zobaczyć, że obserwuje Theresę z wyrazem wyraźnej dezaprobaty, prawdopodobnie z powodu nieformalności Theresy, która usiadła na dywanie, by bawić się z dziećmi.

Richard uznał tę scenę za uroczą. Wydawało mu się, że nie widział, by wszystkie trzy dziewczynki śmiały się tak w całym swoim życiu, a na pewno nie od śmierci jego matki.

— Panno Wilkes — zaczął — muszę zapytać o pani opinię w sprawie wielkiej wagi. — Zamilkł na chwilę, pozwalając narastać oczekiwaniu. — Co pani sądzi o koniach?

Na to pytanie całe oblicze Theresy uległo przemianie. Jej oczy zalśniły wewnętrznym światłem, a policzki zarumieniły się z podniecenia. — Och, panie Bell — zawołała, nie mogąc powstrzymać entuzjazmu — uważam, że to najwspanialsze boskie stworzenia! Nigdy nie widziałam wspanialszego stworzenia niż ta gniada klacz, którą przyjechał pan do sierocińca w zeszłym tygodniu, a dziś não mogłam powstrzymać się od podziwiania oszałamiającej pary dobranych karych koni ciągnących pański powóz. To naprawdę zapierające dech w piersiach istoty.

Wydawało się, że pokój wstrzymał oddech, gdy Theresa skończyła mówić, a jej oczy wciąż błyszczały zapałem jej miłości do koni. Córki Richarda wymieniły spojrzenia, ich podniecenie ledwo mieściło się w ścisłych ramach decorum. Palce Clary drgały na koronkowej chusteczce, podczas gdy stopy Anny wybijały cichy rytm na wypolerowanej podłodze. Eliza mocno ściskała swojego zabawkowego konika, jej oczy były szeroko otwarte i pełne zdumienia.

— Dziękuję, panno Wilkes — powiedziała pani Hatton chłodnym i wyważonym głosem, odprawiając Theresę skinieniem głowy. Młoda kobieta dygnęła i opuściła pokój, cicho zamykając za sobą drzwi.

Gdy tylko zapadka kliknęła, Richard odwrócił się do swoich córek z pytająco uniesioną brwią. Wszystkie trzy dziewczynki kiwnęły mu głowami, a ich twarze promieniały entuzjazmem. To był rzeczywiście rzadki widok, widzieć je tak zjednoczone w swoim pragnieniu.

— Pani Hatton — powiedział Richard, całkiem pewien, że dokonuje właściwego wyboru. — Podjąłem decyzję. Chciałbym zaangażować pannę Wilkes jako naszą nową guwernantkę.

— Pannę Wilkes? — powtórzyła pani Hatton, a jej brwi uniosły się ze zdziwienia. — Ależ panie Bell, z pewnością jedna z pozostałych kandydatek byłaby bardziej odpowiednia?

Richard potrząsnął głową, a na jego ustach pojawił się lekki uśmiech. — Nie, wierzę, że Theresa jest dla nas właściwym wyborem. Widzi pani, ona lubi konie, a wygląda na to, że moje córki ją polubiły.

— Ależ proszę pana — protestowała pani Hatton, jej dłonie nerwowo poruszały się przy talii — choć jej sentyment do koni może być godny podziwu, trudno to uznać za kwalifikację dla guwernantki. A co z jej wykształceniem, jej talentami? Czyż jedna z pozostałych młodych dam nie byłaby lepiej przygotowana, by prowadzić pańskie córki w nauce?

— Pani Hatton — odparł Richard stanowczo — edukacja moich córek jest dla mnie oczywiście ważna. Ale to, czego teraz najbardziej potrzebują, to ktoś, kto potrafi dzielić ich pasje i rozumieć je na głębszym poziomie. Miłość Theresy do koni i jej szczery entuzjazm to coś, z czym moje córki mogą się utożsamić, a to pomoże im rozwijać się nie tylko w nauce, ale także jako osoby.

— Bardzo dobrze, panie Bell — westchnęła pani Hatton, przyznając się do porażki. — Poczynię niezbędne przygotowania do wyjazdu panny Wilkes.

— Dziękuję pani, pani Hatton. — Richard uśmiechnął się ciepło do przełożonej, po czym odwrócił się do córek z oczami pełnymi radosnego oczekiwania. — Claro, Anno, Elizo – wierzę, że znaleźliśmy kogoś naprawdę wyjątkowego dla naszej rodziny.

Dziewczynki odwzajemniły mu promienny uśmiech, ich zgoda była tak oczywista jak słońce wpadające przez okno. I gdy tego dnia opuszczali sierociniec przy Duke Street, Richard wiedział, że podjął właściwą decyzję dla swoich dziewczynek i dla przyszłości, którą mieli razem dzielić.

Rozdział czwarty

Następnego popołudnia lśniący powóz Richarda podjechał pod sierociniec na Duke Street, a jego wielkie koła zaturkotały na kocich łbach. Theresa stała przy wejściu, ściskając na piersi swój skromny sakwojaż. Serce biło jej jak szalone z podniecenia i niepokoju, gdy chłonęła otaczający ją widok.

— Thereso, moja droga — powiedziała pani Hatton, a jej surowy wyraz twarzy na chwilę złagodniał, gdy wyszła pożegnać swoją podopieczną. — Kupiłam ci dwie nowe, proste szare sukienki, kilka fartuchów i parę nowych butów. — Podała Theresie starannie owinięty pakunek zawierający standardowy strój dziewcząt z Duke Street, gdy te rozpoczynały nowe życie.

— Dziękuję, pani Hatton — odpowiedziała Theresa głosem ledwie głośniejszym od szeptu. Ostrożnie włożyła paczkę do sakwojażu, czując w nim ciężar swojego nowego życia.

— Uważaj na siebie, Thereso — powiedziała Helen, a jej blond loki okalały jej ładną twarz. — Będziemy tu za tobą tęsknić.

— Oczywiście — wtrąciła Josephine, a jej oczy wypełniła ciekawość. — Musisz do nas napisać i opowiedzieć nam wszystko o swoim nowym życiu.

— Oczywiście — obiecała Theresa, po kolei przytulając każdą z dziewcząt. Wyraźnie malowało się na ich twarzach zdziwienie; nie mogły pojąć, jak ich cicha, skromna przyjaciółka zdobyła tak prestiżową posadę, podczas gdy obie miały ku temu większe predyspozycje. Ale w ich pożegnaniach było szczere ciepło i Theresa czuła wdzięczność za ich wsparcie.

— Theresa! — zawołał młodszy głos z progu. Molly zbiegła po schodach, a jej oczy lśniły z zazdrości. — Nie mogę uwierzyć, że będziesz mieszkać z tymi wszystkimi końmi! Mam nadzieję, że pewnego dnia będę miała tyle szczęścia co ty.

Theresa uśmiechnęła się i wyciągnęła rękę, by objąć jedyną przyjaciółkę, która podzielała jej pasję. — Molly, kochanie, nie mam wątpliwości, że pewnego dnia znajdziesz własną drogę do szczęścia. I kto wie? Może na ciebie też będą czekały konie.

— Dziękuję, Thereso — szepnęła Molly, mocno ją przytulając. — Nie zapomnisz o nas, prawda?

— Nigdy — przysięgła Theresa, czując, że w gardle rośnie jej gula. — Wiesz, Molly, muszę cię prosić o coś bardzo ważnego.

— O wszystko, Thereso — odparła skwapliwie Molly, a jej oczy rozszerzyły się w oczekiwaniu.

— Zaopiekuj się Biscuitem — szepnęła Theresa, mając nadzieję, że pani Hatton jej nie słyszy. — Będzie potrzebował towarzystwa, a nie znam nikogo, kto nadawałby się do tego lepiej niż ty.

Twarz Molly rozjaśniła się na myśl o powierzonym jej obowiązku i energicznie skinęła głową, choć rzuciła ukradkowe spojrzenie w stronę przełożonej. — Obiecuję, Thereso. Będę się nim jak najlepiej opiekować.

— Dziękuję ci, kochana — szepnęła Theresa, po raz ostatni ściskając Molly, po czym wsiadła do czekającego powozu. Kiedy usadowiła się na pluszowym siedzeniu, wyjrzała przez okno na jedyny dom, jaki kiedykolwiek znała.

Sierociniec majaczył w jej polu widzenia, a jego surowe ceglane mury łagodziły wspomnienia śmiechu i przyjaźni. Przełknęła łzy, które groziły, że popłyną, wiedząc, że to pożegnanie jest słodko-gorzkie. Choć życie w tych murach nie było łatwe, przyjaciele, których tam poznała, byli jej rodziną, jedyną, jaką kiedykolwiek miała.

— Żegnaj — mruknęła cicho, bardziej do siebie niż do kogokolwiek innego. Serce biło jej jak szalone z mieszaniny strachu i podniecenia, gdy nieznane rozciągało się przed nią niczym nieodkryty ocean. Ale w głębi duszy wiedziała, że nie może pozwolić, by lęk powstrzymał ją przed skorzystaniem z tej niesamowitej okazji.

Gdy konie ruszyły z powozem do przodu, Theresa wychyliła się przez okno, by po raz ostatni rzucić okiem na sierociniec i życie, które zostawiała za sobą. Wiatr figlarnie targał jej brązowe loki, osuszając łzy, które uparcie trzymały się jej policzków.

— Uważaj na siebie, Thereso! — zawołała Molly, machając gorączkowo z progu, gdy powóz się oddalał. — I nie zapomnij napisać!

— Obiecaj, że zaopiekujesz się Biscuitem! — odkrzyknęła Theresa, a jej głos ledwo przebijał się przez stukot kopyt i kół o bruk.

— Słowo honoru! — jej odpowiedź dotarła do uszu Theresy w chwili, gdy sierociniec zniknął z pola widzenia, pozostawiając Theresę ze słodko-gorzkim bólem w piersi.

Biorąc głęboki oddech, zwróciła wzrok przed siebie, a ciekawość i zdumienie wypełniły ją, gdy wyruszała w podróż ku nowemu życiu. Przeszłość mogła być pełna trudów i smutku, ale przyszłość niosła nieskończone możliwości, a Theresa była zdeterminowana, by chwytać każdą okazję, jaka jej się nadarzy.

Słońce dopiero zaczynało chylić się ku zachodowi, gdy Theresa dotarła do celu podróży, kamienicy w Mayfair, w której pan Bell zatrzymywał się z rodziną podczas pobytu w Londynie. Serce zatrzepotało jej w oczekiwaniu, gdy chłonęła wzrokiem ten widok. Choć w żadnym wypadku nie była to ostentacyjna posiadłość, wciąż była wspanialsza niż wszystko, co do tej pory znała.

— Panno Wilkes — powiedział Richard, podając jej ramię, gdy pomagał jej wysiąść z powozu. — Witam w nowym domu.

— Dziękuję, panie Bell — odpowiedziała cicho, mocno ściskając w drugiej dłoni swój sakwojaż.

Gdy weszli do kamienicy, Theresę od razu uderzyło ciepło i przytulność wnętrza. Z kuchni unosił się bogaty zapach pieczonego mięsa, a w korytarzach rozbrzmiewały śmiechy.

— Ach, jest pan! — zawołała kobieta po pięćdziesiątce, o stalowosiwych włosach i, jak się zdawało, wiecznie skrzywionej minie. — Kolacja prawie gotowa, a dziewczynki bez przerwy o pana pytały.

— Panno Wilkes, to jest pani Blythe, nasza niania — przedstawił ją Richard, choć Theresa domyśliła się tego sama po jej surowej postawie.

— Miło mi panią poznać, pani Blythe — powiedziała Theresa, posyłając nieśmiały uśmiech.

— Z pewnością nawzajem — mruknęła starsza kobieta, nie do końca patrząc jej w oczy. — A teraz chodźmy na kolację, zanim dojdzie do napadu złości lub płaczu.

Theresa poszła za panią Blythe na piętro do przytulnego pokoiku, gdzie przy stole siedziały już trzy podekscytowane dziewczynki. Ich oczy rozbłysły, gdy tylko ją zobaczyły, i zaczęły zasypywać ją pytaniami o podróż i życie w sierocińcu.

— Wolniej, dziewczynki. Pozwólcie pannie Wilkes złapać oddech — zganiła je pani Blythe, choć Theresa uznała ich entuzjazm za całkiem ujmujący.

— Dziękuję — mruknęła Theresa, a jej policzki oblały się rumieńcem, gdy zajmowała miejsce. — Cieszę się, że mogę tu być z wami wszystkimi.

— Jutro wracamy do domu, do Belle Haven! — zawołała Clara. — Nie możemy się doczekać, żeby pokazać ci wszystkie konie!

— Jestem taka podekscytowana, że je poznam! — odpowiedziała z zapałem Theresa, a jej oczy iskrzyły się z podniecenia.

W miarę jak posiłek dobiegał końca, Theresa stopniowo rozluźniała się w towarzystwie małych dziewczynek. Ich paplanina była miłym odwróceniem uwagi od jej własnych obaw, a gdy podano deser, poczuła się, jakby znała je od lat.

Gdy nadszedł czas snu, Theresa pomogła pani Blythe ułożyć dziewczynki do łóżek, słuchając, jak szepczą o swoich planach na jutrzejsze przygody. Kiedy już zasnęły, pani Blythe zaprowadziła Theresę do jej własnego małego pokoju. Nie było w nim niczego nadzwyczajnego, ale był czysty i wygodny, a Theresa doceniała, że ma własny kąt.

— Dziękuję, pani Blythe — powiedziała Theresa, gdy niania życzyła jej dobrej nocy. — Wiem, że nasz początek nie był najlepszy, ale mam nadzieję, że będziemy mogły współpracować dla dobra dziewczynek.

— Być może — przyznała niechętnie pani Blythe, a jej grymas nieco złagodniał. — A teraz odpocznij, dziecko. Jutro wielki dzień.

Po tych słowach starsza kobieta zamknęła za sobą drzwi, pozostawiając Theresę samą ze swoimi myślami. Kiedy Theresa położyła się na miękkim materacu, naciągnęła na siebie grubą kołdrę, podziwiając jej ciepło. Pokój mógł być mały, ale był zaskakująco wygodny, z delikatnie haftowanymi zasłonami w oknach i małym wazonikiem polnych kwiatów na szafce nocnej. Jednak mimo fizycznego komfortu, sen nie przychodził. Przewracając się z boku na bok, nasłuchiwała nieznanych dźwięków kamienicy pogrążającej się we śnie, i dopiero gdy nocny stróż ogłosił północ, w końcu zasnęła.

Ranek nadszedł zbyt wcześnie, a zmęczona Theresa przetarła oczy, gdy pokojówka zapukała do jej drzwi, aby ją obudzić. Ubrała się szybko w jedną ze swoich nowych szarych sukienek i pospieszyła na dół.

— Dzień dobry — przywitał ją Richard ciepłym uśmiechem, gdy weszła do jadalni. — Mam nadzieję, że dobrze się pani spało.

— Dzień dobry, panie — odpowiedziała Theresa, a jej policzki lekko się zarumieniły na wspomnienie niespokojnej nocy. — Bardzo wygodnie, dziękuję — skłamała niewinnie, nie śmiejąc narzekać.

— Ach, pierwsza noc w nowym miejscu zawsze jest trudna — powiedział mądrze, po czym gestem zaprosił ją do stołu, gdzie na wielkich półmiskach serwowano wspaniałe śniadanie: jajka, bekon, grzyby i smażone ziemniaki, a obok tosty i marmoladę. Theresa patrzyła zdumiona na takie bogactwo. Choć w sierocińcu na Duke Street zawsze było pod dostatkiem jedzenia - o czym świadczyła jej własna pulchna figura - zawsze było to proste jedzenie, a śniadanie składało się co najwyżej z owsianki i zwykłego chleba. Niepewnie nałożyła na swój talerz trochę bekonu i porcję jajecznicy, a gdy pokojówka zaproponowała jej filiżankę herbaty, skinęła głową z lekkim zdenerwowaniem.

Podczas posiłku dziewczynki podekscytowane paplały o nadchodzącej podróży do Belle Haven, podczas gdy Theresa słuchała uważnie. Następnie wszyscy udali się na zewnątrz do czekającego powozu, a Theresa nie mogła nie zauważyć pięknej gniadej klaczy Richarda, która cierpliwie czekała na swojego pana. Pełne temperamentu zwierzę zdawało się niecierpliwie czekać na nadchodzącą przejażdżkę, a serce Theresy uniosło się na ten widok, a zmęczenie na chwilę odeszło w zapomnienie.

— Nazywa się Ballerina — poinformowała ją Clara, zauważając podziw Theresy dla konia.

— Ballerina to piękne imię — powiedziała Theresa, uśmiechając się ciepło do dziecka. — Bardzo do niej pasuje, bo porusza się jak tancerka. Macie własne konie?

— Oczywiście! — wtrąciła najmłodsza, Eliza, a jej oczy rozbłysły. — Każda z nas ma kucyka. A w Belle Haven jest tyle innych koni! Zobaczysz!

— Eliza mówi prawdę — potwierdził Richard, wsadzając każdą z dziewczynek do powozu, po czym podał rękę również Theresie, czym ją zaskoczył. — Mamy wspaniałą stajnię i wiele koni hodowlanych i wierzchowych.

Gdy powóz ruszył, a Richard jechał obok na Ballerinie, dziewczynki z zapałem opowiadały Theresie o każdym znanym im koniu, ich imionach i charakterach. Mówiły z taką miłością i czułością, że dla Theresy było jasne, że te dzieci uwielbiają zwierzęta tak samo jak ona. Ich ekscytacja była zaraźliwa i pomimo braku snu Theresa poczuła przypływ energii dzięki ich wspólnej pasji.

W miarę jak oddalali się od Londynu, kilometry zdawały się mijać szybciej. Kilka godzin po rozpoczęciu podróży powóz zatrzymał się w uroczej gospodzie pośród drzew, gdzie czekały na nich świeże konie. Richard zsiadł z Balleriny i podszedł do powozu.

— Wszyscy wysiadać — zawołał wesoło. — Odpoczniemy tu chwilę i posilimy się, zanim ruszymy dalej.

— Chodźmy, panno Wilkes — ponagliła ją mała Eliza, biorąc Theresę za rękę i prowadząc ją do przytulnej gospody.

Theresa podziwiała, jak gładko została zaakceptowana przez te dzieci; ich ciepło i zażyłość sprawiły, że poczuła się, jakby do nich należała. W słabo oświetlonej sali wspólnej gospody popijali słodką lemoniadę i chrupali maślane herbatniki, a ich śmiech mieszał się z głosami innych podróżnych.

— Czy jesteśmy już prawie w Belle Haven, tato? — zapytała Clara, a jej oczy lśniły z niecierpliwością.

— Trochę ponad połowa drogi — odpowiedział Richard z nutą dumy w głosie. — Jeszcze kilka godzin i będziemy w domu.

— Panno Wilkes, pokochasz to miejsce — powiedziała Anna, spoglądając promiennie na Theresę.

— Wasz entuzjazm jest zaraźliwy! — zawołała Theresa, nie mogąc dłużej powstrzymać własnego podekscytowania.

Pozostała część podróży minęła w mgnieniu oka, a dziewczynki nadal dzieliły się opowieściami o swoim ukochanym domu. Kiedy powóz w końcu zatrzymał się późnym popołudniem, Theresa poczuła mrowienie oczekiwania. Nie mogła powstrzymać westchnienia na widok, który rozwinął się przed jej oczami, gdy lokaj otworzył drzwiczki powozu. Belle Haven było rozległym, kamiennym budynkiem, którego majestat łagodziły bluszcz pnący się po jego murach i łagodnie pofalowane wzgórza zielonej trawy, które go otaczały. Doprawdy, był to widok niczym z bajki.

— Witamy w domu, panno Wilkes — oświadczył Richard, wyciągając rękę, by pomóc jej wysiąść z powozu.

— Dziękuję, panie Bell — odpowiedziała Theresa, a jej głos był ledwie szeptem, gdy dalej chłonęła wspaniałą scenerię.

— Spójrz, Thereso! — zawołała mała Eliza, ciągnąc ją za rękaw. — Konie!

Wszędzie, gdzie Theresa spojrzała, były konie; klacze pasące się z żwawymi źrebakami u boku, ich sierść lśniła w złotym popołudniowym słońcu. Wszystkie wyglądały na zadbane i dobrze odżywione, co świadczyło o poświęceniu i miłości Richarda do tych wspaniałych stworzeń.

— Proszę patrzeć — powiedział Richard, a jego oczy zabłysły psotnie, gdy złożył usta i wydał ostry gwizd.

Ku zdumieniu Theresy, ze wzgórz przygalopował wspaniały kasztanowaty ogier pełnej krwi angielskiej, a jego grzywa i ogon powiewały za nim niczym rzeka ognia. Widok zaparł jej dech w piersiach i ledwo mogła uwierzyć w swoje szczęście, że znalazła się w takim miejscu.

— Czyż nie jest wspaniały? — zapytał Richard, a jego głos był pełen dumy.

— Absolutnie zapierający dech w piersiach — zgodziła się Theresa, jej brązowe oczy były szeroko otwarte ze zdumienia.

— Nazywa się Hermes — wtrąciła Clara, wyraźnie chętna do podzielenia się swoją wiedzą o członkach ich końskiej rodziny. — To nasz najszybszy koń wyścigowy.

— Chciałaby go pani poznać, panno Wilkes? — zaproponował Richard, a jego niebieskie oczy przyglądały się jej uważnie, być może szukając jakichkolwiek oznak lęku.

— Naprawdę? — Serce Theresy wezbrało radością na myśl o poznaniu każdego z tych pięknych zwierząt. — Byłabym zaszczycona, panie Bell.

— A zatem postanowione — odparł Richard, a na jego ustach pojawił się ciepły uśmiech. — Jutro rano dokonamy odpowiednich prezentacji.

Gdy szli w kierunku dworu, Theresa nie mogła oprzeć się wrażeniu, że znalazła swoje miejsce na świecie – miejsce, w którym jej miłość do koni mogła rozkwitać obok uczucia i koleżeństwa jej nowo odnalezionej rodziny. Z każdym krokiem po miękkiej trawie pod stopami czuła, jak rośnie w niej podekscytowanie na myśl o przygodach, które czekały na nią w Belle Haven.

— Dziękuję, panie Bell — szepnęła, a jej głos był pełen wdzięczności. — Dziękuję, że dał mi pan tę szansę.

— Proszę o tym nie myśleć, panno Wilkes — odpowiedział Richard, a jego dłoń na krótko dotknęła jej ramienia w geście uspokojenia. — Dokona tu pani wspaniałych rzeczy, nie mam co do tego wątpliwości.

Z tymi słowami odbijającymi się echem w jej sercu, Theresa spojrzała za siebie na konie pasące się spokojnie na polach, czując, jakby w końcu znalazła miejsce, które mogła nazwać domem.

— Proszę, tato — błagała Clara. — Czy nie możemy teraz pokazać pannie Wilkes stajni? Jeszcze nawet nie poznała naszych kucyków!

Richard czule potargał włosy Clary, a jego niebieskie oczy były pełne pobłażania. — Robi się późno, kochanie, a dopiero co wróciliśmy do domu. Wszystkie musicie się wykąpać, a potem będzie gotowa wasza kolacja i pora spać.

— Ale tato — wtrąciła Anna, jej piwne oczy były szerokie i błagalne — Theresa kocha konie tak samo jak my! Prawda, Thereso?

— Owszem — odpowiedziała Theresa, nie mogąc powstrzymać uśmiechu, gdy patrzyła na piękne zwierzęta rozsiane po krajobrazie. Jej serce rwało się do zwiedzania stajni i osobistego poznania każdego konia, ale rozumiała argumenty Richarda.

— Widzisz? — powiedziała Eliza, ciągnąc Richarda za ramię. — Ona też chce iść teraz!

— Cierpliwości, malutka — poradził jej łagodnie Richard, a na kącikach jego ust błąkał się czuły uśmiech. — Ranek nadejdzie wystarczająco szybko.

Gdy Richard zostawił je, by odprowadzić Ballerinę wraz z powozem do stajni, dziewczynki podeszły do Theresy, a w ich oczach błyszczały iskierki psoty. — Panno Wilkes — szepnęła Clara — wymknęłabyś się z nami po kolacji i zabrała nas do stajni?

Theresa zawahała się, czując dreszcz przygody pulsujący w jej żyłach. Jakże pragnęła dołączyć do dziewczynek w ich nocnej eskapadzie! Ale wiedziała, że łamanie z nimi zasad już pierwszego dnia nie byłoby mądre. Jeśli miała zdobyć ich szacunek i właściwie je prowadzić, musiała dawać dobry przykład.

— Dziewczynki — powiedziała Theresa cicho, ale stanowczo — rozumiem wasze podekscytowanie, ale ważne jest, abyśmy słuchały waszego ojca. Musimy poczekać do jutra rana.

Dziewczynki westchnęły, a na ich twarzach malowało się rozczarowanie, ale skinęły głowami na znak zgody. Gdy weszły do dworu, Theresa nie mogła nie czuć dumy ze swojej decyzji. Chociaż pokusa złamania zasad była silna, wiedziała, że postawienie na swoim ostatecznie okaże się korzystne w zdobywaniu zaufania i szacunku dziewczynek. — Jednakże — dodała Theresa z łagodnym uśmiechem — obiecuję, że wyjdziemy z samego rana, jeszcze przed śniadaniem, by odwiedzić stajnie. Zrobimy z tego przygodę, jeśli chcecie.

Chór podekscytowanego śmiechu wypełnił pokój, gdy Clara, Anna i Eliza zaklaskały w dłonie z zachwytu.

— Naprawdę, panno Thereso? — zapytała z zapałem Clara.

— Naprawdę — potwierdziła Theresa, a jej serce wezbrało czułością dla dziewczynek. — Ale tylko jeśli wszystkie obiecacie, że dobrze się wyśpicie i będziecie gotowe na nasz wspólny dzień.

Dziewczynki energicznie skinęły głowami, a ich wcześniejsze rozczarowanie rozwiało się jak poranna rosa.

— Bardzo dobrze — powiedziała Theresa, gładząc fałdy swojej prostej, szarej sukienki. — A teraz kąpiel, kolacja i do łóżka. Pamiętajcie, im szybciej zaśniemy, tym szybciej odwiedzimy wasze ukochane konie.

Dziewczynki pobiegły w górę po wielkich schodach, a ich chichoty odbijały się echem w dworze, gdy znikały w korytarzu. Theresa nie mogła się nie uśmiechnąć na ich entuzjazm, a jej nerwy powoli ustępowały miejsca oczekiwaniu na poranną przygodę.

— Dobrze sobie pani poradziła — powiedziała pani Blythe, mijając Theresę ciężkim krokiem. Nuta niechętnego szacunku w jej głosie sprawiła, że Theresa uśmiechnęła się. Podjęła właściwą decyzję, egzekwując dyscyplinę u dziewczynek z obietnicą późniejszej nagrody.

— Chodźmy więc — pani Blythe zatrzymała się u stóp schodów. — Przedstawię panią pani Babcock, a potem lepiej ułożymy dziewczynki do snu.

Gdy Theresa udała się do swojego skromnego pokoju po odprowadzeniu dziewczynek do łóżek, obcość otoczenia utrudniała jej zaśnięcie. Ale leżąc w ciemności, wsłuchując się w odległy szelest liści za oknem, pozwoliła sobie marzyć o stajniach i koniach, które czekały na nią o świcie. Teraz jej życie w Belle Haven naprawdę się zaczęło.

Rozdział piąty

Pierwsze promienie porannego słońca ledwo zaczęły rozpraszać chłód panujący w stajni, gdy Richard wszedł do środka. Wciągnął w płuca znajomy zapach siana i skóry, kojącą woń, która mówiła o ziemskim pięknie i prostych przyjemnościach wiejskiego życia. Jego buty cicho odbijały się echem o brukowaną podłogę, stanowiąc rytmiczny akompaniament dla delikatnych parsknięć i szurania kopyt.

— Panna Theresa? — odezwał się Richard, a w jego głosie pobrzmiewało lekkie zdziwienie, gdy skręcił za róg i zastał guwernantkę swoich córek pośród kucyków, na długo zanim domownicy zazwyczaj zbierali się na śniadanie.

— Pan Bell! — zawołała Theresa, odwracając się do niego z policzkami zarumienionymi od rześkiego, porannego powietrza. Jej brązowe oczy błyszczały z dziecięcym zachwytem, co stanowiło wyraźny kontrast z jej zazwyczaj powściągliwą postawą. — Podziwiałam właśnie kucyki. Są takie kochane.

— Rzeczywiście, są kochane — zgodził się Richard, patrząc, jak kucyk Elizy trąca nosem otwartą dłoń Theresy. Ten widok rozgrzewał serce; Theresa, dla której życie nie zawsze było łaskawe, dzieliła chwilę czystej radości z istotami tak niewinnymi i wolnymi.

— Wygląda na to, że kucyk Elizy bardzo panią polubił — zauważył Richard z uśmiechem, podchodząc bliżej.

— Nazywa się Duck — powiedziała Theresa, a jej śmiech wybrzmiał niczym melodia tańcząca w chłodnym powietrzu. — Nie mogłam uwierzyć, kiedy Eliza mi powiedziała. Kucyk o imieniu Duck, to po prostu przeurocze.

Richard roześmiał się razem z nią, a dźwięk ten zmieszał się z cichym gruchaniem gołębi gnieżdżących się na krokwiach. — Tak, Eliza ma wyjątkowy sposób postrzegania świata — zamyślił się, a na myśl o najmłodszej córce poczuł w piersi czułość i ciepło. — Twierdzi, że nie ma lepszego imienia dla kucyka, który więcej się kołysze, niż kłusuje.

— W takim razie Duck to najtrafniejsze imię z możliwych. — Theresa wyciągnęła rękę, by pogłaskać kudłatą grzywę kucyka, a jej dotyk był delikatny. — Nigdy nie widziałam, żeby dzieci tak lgnęły do zwierząt, jak pańskie córki.

— Cóż, zwierzęta potrafią nas rozumieć lepiej, niż my sami siebie czasami rozumiemy — odparł Richard, opierając się niedbale o drewniany słup, a jego wzrok spoczął na Theresie. — Potrafią być najcierpliwszymi nauczycielami i najwierniejszymi przyjaciółmi.

— Coś mi mówi, że pańskie córki nauczyły się tej filozofii od swojego ojca — powiedziała Theresa z delikatnym uśmiechem na ustach, jednak w jej oczach krył się cień tęsknoty.

— Być może — przyznał Richard, pozwalając sobie na chwilę dumy. — Ale podejrzewam, że pani również ma do nich wrodzony pociąg.

— Może — mruknęła Theresa, a jej spojrzenie na moment uciekło w dół, zanim ponownie napotkało jego wzrok. — Zawsze marzyłam o tym, by być blisko koni, czuć pod sobą ich siłę i grację. Ale marzenia dla niektórych z nas są tylko tym, ulotne i nietykalne.

— Marzenia są nasionami, z których может wykiełkować rzeczywistość — powiedział Richard z determinacją błyszczącą w jego jasnoniebieskich oczach. — I wydaje mi się, że towarzystwo koni może się pani spodobać również poza murami stajni.

— Poza murami? Ma pan na myśli... — Theresa urwała, a jej zdumienie było widoczne, gdy wpatrywała się w niego.

— Każda istota zasługuje na szansę swobodnego biegu pod gołym niebem — powiedział, a jego słowa niosły ze sobą ciężar obietnicy. — A pani, panno Thereso Wilkes, nie jest wyjątkiem. Czy potrafi pani jeździć konno?

— Cóż... Czasami jeździłam na starym kucyku w sierocińcu — powiedziała Theresa. — Ale... nie było tam siodła damskiego, więc po prostu siadałam na oklep bokiem i... nie, tak naprawdę nie potrafię — przyznała, gdy kąciki jego ust uniosły się w uśmiechu.

— W takim razie zaczniemy od nowa — oświadczył Richard. — Jutro po śniadaniu zaczniemy. Sam panią nauczę, tak jak uczyłem swoje córki.

— Och, ja... — Theresa zaczęła protestować, ale urwała, gdy zobaczyła jego zdecydowany wyraz twarzy. W końcu dygnęła lekko. — Będę z niecierpliwością na to czekać. — Rozejrzała się. — A teraz, jeśli pan pozwoli. Wysłałam dziewczynki, żeby umyły ręce przed śniadaniem; muszę do nich dołączyć, zacząć poznawać ich plan dnia i ocenić, na jakim są etapie edukacji.

Richard skłonił się lekko, patrząc, jak przystaje, by jeszcze raz pogłaskać miękki nos Ducka, zanim opuściła stajnię. Z ironicznym uśmiechem na ustach ruszył za nią do domu.

— Dzień dobry, panie Bell — przywitała go gospodyni, pani Babcock, gdy zdejmował buty w holu.

— Dzień dobry, Babby. — Uśmiechnął się do niej przekornie. Pani Babcock była gospodynią w Belle Haven jeszcze zanim się urodził. Nagle przyszła mu do głowy pewna myśl i zatrzymał się. — Babby. Mamy na strychu kilka kufrów z ubraniami, które należały do mojej matki i siostry, prawda?

— Owszem, mamy.

— Czy znalazłby się wśród nich jakiś strój do konnej jazdy, który dałoby się przerobić tak, by pasował na naszą nową guwernantkę? Chciałbym, żeby mogła jeździć konno z dziewczynkami.

— Jestem pewna, że coś by się znalazło, sir. — Pani Babcock zawahała się, po czym dodała delikatnie: — Panna Wilkes jest, cóż, pełniejszej figury niż była panna Alice, niech spoczywa w pokoju, ale jestem pewna, że coś z rzeczy pańskiej matki będzie dobre.

— Proszę się tym zająć — poprosił Richard. — Jeśli to możliwe, przed jutrzejszym rankiem. Planuję dać jej lekcję jazdy jutro o tej porze.

Gospodyni z szacunkiem pochyliła głowę, a Richard ruszył dalej w stronę jadalni na śniadanie, uśmiechając się, gdy usłyszał szczebiot wysokich, dziewczęcych głosików. Niektórzy trzymaliby swoje dzieci w pokoju dziecinnym na czas posiłków, ale Richard zdecydowanie wolał towarzystwo swoich córek od samotnego jedzenia. Przystanął przed drzwiami, bezszelestny w samych skarpetkach, gdy usłyszał, jak Clara zadaje swojej nowej guwernantce podchwytliwe pytanie.

— Nie martwi się pani o skandal, panno Thereso?

Theresa zatrzymała filiżankę z herbatą w połowie drogi do ust, po czym ostrożnie odstawiła ją na spodek i spojrzała na Clarę. Oczy najstarszej dziewczynki błyszczały wyzwaniem.

Zaczyna się, pomyślała Theresa. *Pierwsza prawdziwa próba.* Poprzedniego wieczoru dziewczynki testowały ją, prosząc o złamanie zasady, a ona pokazała im, że się dla nich nie ugnie. Teraz zamierzały sprawdzić jej oddanie.

Theresa doskonale to rozumiała. Pani Hatton не zdradziła jej dokładnej liczby guwernantek, które się tu przewinęły – być może sama nie wiedziała – ale pokojówka, która obudziła Theresę tego ranka, mruknęła cynicznie pod nosem, że nie ma sensu się z nią zapoznawać, bo prawdopodobnie i tak zniknie w ciągu tygodnia.

— Nie boję się skandalu, Claro — powiedziała spokojnie Theresa. W jasnym, porannym słońcu przyglądała się trzem małym dziewczynkom, które siedziały w rzędzie naprzeciwko niej. Nie mogło być bardziej oczywiste, że tak naprawdę nie są siostrami. Clara – rodzona córka siostry Richarda – jako jedyna w ogóle go przypominała, ze swoimi niebieskimi oczami, choć miała złote włosy, a nie jego ciemnobrązowe. Matka Anny, jego nieślubnej przyrodniej siostry, musiała być Chinką, gdyż jedwabiste, proste, czarne włosy Anny, złocista skóra i skośne, złocistobrązowe oczy wręcz krzyczały o jej pochodzeniu z tamtego kraju. A najmłodsza, Eliza, podrzutek zostawiony przy ołtarzu w kościele, miała ciemnobrązową skórę i oczy oraz ciasno skręcone czarne włosy, co wskazywało, że jedno lub oboje jej rodziców pochodziło z Afryki lub być może z Karaibów.

— Nikt nie zostaje — powiedziała Anna cichym głosikiem. — Nieważne, jak bardzo staramy się być grzeczne.

— Czasami patrzą na mnie i odchodzą, bo jestem brązowa i brzydka — powiedziała Eliza, a łzy napłynęły jej do oczu. Serce Theresy pękło z żalu. Zrywając się na równe nogi, obeszła stół i pochyliła się, by przytulić Elizę.

— Nie jesteś brzydka, jesteś piękna! Jedna z moich najlepszych przyjaciółek jest brązowa, wiesz? Nazywa się Molly, a jej rodzice pochodzili z Indii, ale umarli i trafiła do sierocińca. Masz wielkie szczęście, że macie ojca, który was wszystkie kocha i zadba o to, byście nigdy nie musiały trafić do takiego miejsca, a teraz macie też mnie. — Powiedziała to zadziornie, wyciągając rękę, by objąć również Annę, i nagle Clara zsunęła się z krzesła i objęła ją w pasie.

— Nie zostawisz nas? — zapytała Anna drżącym głosem.

— Nigdy — przysięgła Theresa. — Zostanę, dopóki wszystkie nie dorośniecie, nie wyjdziecie za mąż i nie będziecie miały własnych dzieci, a wtedy będę guwernantką *ich* dzieci, żebyście nigdy nie musiały mnie stracić. — Gardło ścisnęły jej łzy, których nie zamierzała uronić. Te małe dziewczynki straciły już zbyt wiele.

Lekki hałas przy drzwiach sprawił, że podniosła wzrok i zobaczyła stojącego tam Richarda. Przez krótką chwilę wpadła w panikę, myśląc, że posunęła się za daleko, ale on napotkał jej wzrok i bezgłośnie wyszeptał: „Dziękuję”.

Theresa odchrząknęła, mrugając, by pozbyć się wilgoci piekącej w oczach. — A teraz, oto wasz ojciec, który zje z nami śniadanie, więc proszę, usiądźcie na swoich miejscach. Claro, masz o wiele za dużo dżemu na tej grzance, to niezdrowo. Zeskrob trochę, proszę.

— Tak, panno Thereso — powiedziała potulnie Clara, rzucając jej niemal pełne uwielbienia spojrzenie, a Theresa wiedziała, że wygrała pierwszą bitwę o lojalność i zaufanie dziewcząt. Czekały ją kolejne, najprawdopodobniej gdy otworzy podręczniki do matematyki lub historii i poprosi, by wzięły się do nauki, ale zrobiła dobry początek. A po uśmiechu na twarzy jej pracodawcy poznała, że jest zadowolony z jej wysiłków.

Następnego ranka po śniadaniu Theresa wyszła na lekcję, a trzy dziewczynki podążyły za nią i usiadły na ławce przed stajnią. Theresa miała na sobie ciemnozielony strój do jazdy konnej, który pośpiesznie przerobiono, by na nią pasował, oraz parę starych butów, które gospodyni skądś wytrzasnęła. Czuła się niezręcznie, a obszerna spódnica szeleściła wokół jej nóg; trzymała ją w jednej ręce, niepewna, co zrobić z nadmiarem materiału.

Poranne powietrze było chłodne i przesycone ziemistym zapachem siana, gdy Richard wyprowadził Ballerinę na dziedziniec. Oddech gniadej klaczy unosił się w delikatnych kłębach, płynnie łącząc się z mgłą, która pełzała po ziemi. Theresa, stojąc przy kamiennym łuku prowadzącym do stajni, patrzyła z szeroko otwartymi z niedowierzania oczami.

— Pana własny koń? — zapytała głosem niewiele głośniejszym od szeptu.

— Oczywiście — odparł Richard, klepiąc Ballerinę pieszczotliwie po szyi. — Jest stateczna i przeprowadziła mnie przez wiele trudnych sytuacji. Ufam jej bezgranicznie, więc i pani może.

Spojrzenie Theresy przebiegło po zgrabnej klaczy, stojącej cierpliwie w oczekiwaniu, z damskim siodłem na grzbiecie. Theresa cofnęła się o pół kroku, a jej dłonie nerwowo zacisnęły się na materiale spódnicy.

— Sir, ja absolutnie nie mogłabym...

— Proszę? — W jego tonie brzmiała ciepła nuta zachęty. — Nalegam. To dla mnie zaszczyt móc udzielić pani tej lekcji.

— Ale jazda... na tak szlachetnym zwierzęciu. Obawiam się, że mogę nie mieć zdolności. — Nagle bardziej bała się, że swoją niezdarnością jakoś skrzywdzi Ballerinę, niż że spadnie i sama zrobi sobie krzywdę.

— Ach, ale widziałem panią z kucykami — powiedział z uśmiechem na ustach. — Jak pani do nich mówi, jak tulą się do pani dłoni, prosząc o więcej czułości. Ma pani do nich naturalny dar, Thereso. To rzadki talent.

Jej palce musnęły lśniącą sierść Balleriny, a klacz w odpowiedzi trąciła nosem jej dłoń. Tęsknota, którą poczuła, była zbyt głęboka, by dało się ją ukryć, i była pewna, że Richard widzi ją na jej twarzy. Mimo to wciąż się wahała, a poczucie bycia niegodną krępowało jej determinację.

— Naprawdę — zaprotestowała słabo — nie chcę się narzucać.

— Narzucać? Nigdy — zapewnił ją Richard. — To czysta przyjemność.

Wyciągnął do niej rękę, a zaproszenie było wyraźnie widoczne w jego niebieskich oczach. Oddech Theresy uwiązł jej w gardle, zawieszona między życiem, które znała, a tym, które się przed nią otwierało. Czyniąc niepewny krok naprzód, położyła dłoń na jego dłoni, a ciepło jego uścisku dodało jej odwagi.

— Zatem dobrze — ustąpiła, a najlżejsze drżenie w jej głosie zdradziło jej podekscytowanie. — Skoro jest pan pewien.

— Nigdy nie byłem pewniejszy — powiedział, prowadząc ją do schodków i cmokając. Ballerina podążyła za nimi do schodków nawet bez jego dłoni na wodzach, obraz idealnie wyszkolonej cierpliwości, gdy stanęła obok Theresy. — A teraz, zaczynajmy.

Gdy Richard instruował Theresę co do podstaw wsiadania, jej początkowy niepokój zaczął się rozwiewać. Każde jego słowo było jak lina ratunkowa przerzucona nad otchłanią jej wątpliwości. Kiedy w końcu usiadła w siodle, świat wokół niej zdawał się jednocześnie rozszerzać i skupiać. Nawet obszerne spódnice stroju nagle zdawały się układać prawidłowo, gdy znalazła się w siodle.

— Widzi pani? — zapytał Richard, cofając się, by spojrzeć na nią z dumą. — Ma pani do tego naturalny talent, Thereso.

— Być może — odparła, a kąciki jej ust uniosły się w górę. Śmiech, lekki i beztroski, wyrwał jej się, gdy podziwiała nową perspektywę z grzbietu Balleriny. Jej serce waliło z ekscytującej możliwości, a radość z tego rozświetliła jej twarz.

— Proszę trzymać proste plecy i nie ściskać zbyt mocno wodzy — instruował Richard spokojnym, uspokajającym głosem. — Proszę zaufać Ballerinie – ona wie, co robi.

Theresa skinęła głową, chłonąc każde jego słowo, gdy poprawiała swoją postawę. Czuła, jak mięśnie klaczy napinają się i rozluźniają pod nią, żywy taniec, którego stała się częścią. Chwytając wodze zgodnie ze wskazówkami Richarda, wypuściła z wahaniem oddech, a jej palce zacisnęły się na tyle, by poczuć połączenie między jej wolą a posłuszną reakcją konia.

— Stępem — szepnęła, a Ballerina posłuchała, jej kroki były rozważne i pewne.

Westchnienie zachwytu wyrwało się Theresie, gdy ruszyły razem. To uczucie nie przypominało niczego, co do tej pory czuła: rytmiczne kołysanie, delikatne podskoki, wiatr szepczący jej sekrety do ucha. Jej początkowy strach wyparował, zastąpiony przez falę pewności siebie, która przepłynęła przez jej żyły niczym ogień.

— Niech pani na siebie spojrzy, panno Thereso! — zawołała Clara, klaszcząc w dłonie.

— Prawdziwa amazonka — zauważył Richard z nutą dumy w głosie, która sprawiła, że Theresa zarumieniła się z przyjemności.

Jadąc wzdłuż ogrodzenia, spojrzała na dziewczynki. Ich twarze rozjaśniła radość, odbijając uniesienie, które bulgotało w jej własnej piersi. Świat z grzbietu Balleriny był gobelinem utkanym z nowych faktur i barw, a każda nić była objawieniem prostych cudów życia.

— Niech pani pozwoli dolnej części pleców poruszać się nieco swobodniej — doradził Richard, idąc równolegle do nich, a jego wzrok ani na chwilę nie odrywał się od sylwetki Theresy. — Proszę poczuć, jak ona popycha panią z boku na bok, gdy idzie, jak porusza się jej zad? Proszę pozwolić sobie podążać za tym ruchem. Jest pani trochę sztywna.

Próbowała się rozluźnić, a Ballerina odpowiedziała, wydłużając krok. Ich ruchy zsynchronizowały się w delikatnym balecie. Serce Theresy wzbiło się w górę, a śmiech wylewał się z jej ust, dźwięk bogaty w odkrycie własnych możliwości.

— Dobrze! Znakomicie! — zachęcił Richard, a uśmiech Theresy pogłębił się, a kąciki jej oczu zmarszczyły się z czystej, nieskrępowanej radości.

— Teraz będzie pani mogła jeździć z nami każdego dnia! — zawołała z zachwytem Anna, skacząc w górę i dół z podekscytowania.

— Och, co do tego nie jestem pewna — powiedziała Theresa z lekkim śmiechem. — Jestem pewna, że pański ojciec potrzebuje Balleriny; nie mogę mu jej zabierać.

Richard parsknął lekceważąco. — Thereso, mam tu pięćdziesiąt koni, na których mógłbym jeździć. Niektórym z nich wręcz przyda się moja bliższa uwaga! Żadnemu innemu koniowi poza Ballериną nie zaufam, by się panią zaopiekował; od tej chwili jest do pani dyspozycji.

Usta Theresy otworzyły się ze zdumienia na taką hojność. — Och, ale... ja... — zająknęła się.

— Niech się pani zgodzi, panno Thereso! — błagała Eliza, a jej loki podskakiwały, gdy potakiwała z emfazą. — Duck ucieszyłby się z towarzystwa — dodała z poważną powagą, jaką tylko dziecko przypisujące przyjaźń kucykom może przybrać.

Śmiech Theresy wyrwał się kaskadą, gdy radość przepłynęła przez nią. — Cóż, skoro ma to sprawić przyjemność Duckowi — zażartowała, zerkając na Richarda i widząc śmiech odbijający się również w jego twarzy. — Z przyjemnością przyjmę propozycję.

— Zawsze będzie pani towarzyszyć albo ja, albo jeden z moich zaufanych stajennych — obiecał Richard.

— Dziękuję — powiedziała z wdzięcznością. Choć niektórzy mogliby uznać to za brak wiary w jej umiejętności, Theresa wiedziała, że będzie zadowolona, mając zawsze pod ręką fachową pomoc, na wypadek gdyby wpadła w kłopoty, lub co gorsza, gdyby jedno z dzieci miało problem ze swoim kucykiem.

— A teraz — powiedział Richard z uśmiechem — spróbujmy kłusa.

Rozdział szósty

PORANNE POWIETRZE BYŁO RZEŚKIE, a jego chłód szczypał Theresę w policzki, gdy z łatwością świadczącą o wprawie i rosnącej pewności siebie siadała w damskim siodle Balleriny. Minęło sześć tygodni od jej pierwszej lekcji jazdy, a klacz reagowała teraz na jej dotyk z zażyłością starej przyjaciółki. Wokół nich stajnie Belle Haven tętniły życiem; słychać było ciche rżenie koni i szeleszczący szept słomy pod stopami.

— Tylko na ciebie spójrz, Thereso! — wykrzyknęła Eliza, z pomocą stajennego gramoląc się na grzbiet spokojnej Duck. — Jesteś zwinna jak kotka!

— W istocie — wtrąciła Clara. — Założę się, że mogłabyś teraz prześcignąć pana Thompsona. On zawsze strąca górną belkę, kiedy skacze.

Theresa roześmiała się, a dźwięk jej śmiechu zmieszał się z rześkim porannym powietrzem. — Och, tego nie jestem taka pewna — odparła skromnie, choć serce wezbrało jej dumą na pochwałę dziewczynek. — Ale dziękuję wam za wiarę we mnie.

Po lekkim stuknięciu obcasem Ballerina ruszyła naprzód truchtem, jej chód był płynny i pewny. Theresa wyprostowała plecy, odetchnęła głęboko i cmoknęła językiem, prosząc klacz o galop.

Zbliżając się do niskiej przeszkody, Theresa wstrzymała oddech w oczekiwaniu. Kiedyś taki obstacle wzbudziłby w niej spiralę strachu, ale teraz czuła jedynie ekscytację. Gdy Ballerina zebrała się pod nią, świat zdawał się zatrzymać, i w tym ułamku sekundy Theresa była wolna od wszystkiego prócz wznoszenia się i opadania w skoku.

— Hop! — zachęciła cicho.

Ballerina skoczyła i pofrunęły razem, zręcznie lądując po drugiej stronie. Oglądające je dzieci wybuchły wiwatami, a ich oklaski rozniosły radosne echo po całym padoku.

— Brawo, panno Thereso! — zawołała Clara, a jej zachwyt był zaraźliwy.

— Dziękuję wam, moje drogie — powiedziała Theresa, klepiąc Ballerinę po szyi, gdy zawracały. Jej policzki płonęły rumieńcem triumfu — uczuciem, które stało się jej drogim towarzyszem od czasu przybycia do Belle Haven.

Jednak pośród porannej wesołości do serca Theresy zakradł się cień, przypomnienie, że dziś kończy dziewiętnaście lat. Urodziny w sierocińcu były skromne; żadnych tortów ani wstążek, tylko jeden kawałek lukrecji od przełożonej, o gorzko-słodkim smaku na języku. Mimo to miała tam przyjaciółki, rówieśniczki; dziewczęta, które dzieliły jej trudy i marzenia. Tęskniła za koleżeństwem szeptów pod kocami, za dzieleniem się drobnymi sekretami.

— Wszystko w porządku, panno Thereso? — spytała Anna, przechylając głowę z troską. — Wygląda pani na trochę smutną.

— Wszystko doskonale, dziękuję — odpowiedziała Theresa, posyłając uśmiech, który nie do końca dotarł do jej oczu. — Ruszajmy na przejażdżkę. Jesteście gotowe? — Theresa pozwoliła sobie na chwilę ciszy, gdy Anna i Clara dosiadały swoich kucyków, a jej wzrok zatrzymał się na horyzoncie, gdzie rozciągał się zielony dywan posiadłości. Nie mogła zaprzeczyć ciepłu, które ją tu otulało, poczuciu przynależności, które wsiąkało w jej kości. Belle Haven stało się jej kotwicą, a myśl o opuszczeniu jego objęć wydawała się niepojęta.

— Wszystkiego najlepszego z okazji urodzin, Thereso — szepnęła do siebie, prywatnie doceniając swoją podróż. Z tą myślą popędziła Ballerinę naprzód, wybierając pogoń za radością dnia zamiast pogrążania się w cieniach przeszłości.

Poranne słońce rozlewało swoje złote światło na padok, gdy Theresa patrzyła, jak siostry Bell krzątają się po ogrodzie, rozpinając wstążki i girlandy na urodziny najmłodszej siostry. Powietrze wypełniał zapach świeżych kwiatów i niesiony przez wiatr odległy dźwięk śmiechu.

— Panno Thereso — zawołała Eliza, a jej głos bulgotał z ekscytacji — myśli pani, że serpentyny powinny być tutaj, czy tam przy wierzbie?

— Przy wierzbie, tak bym powiedziała — odparła Theresa, uśmiechając się do entuzjazmu dziewczynki. — Będzie wyglądać czarująco.

Gdy podeszła, by pomóc, dołączyła do nich Clara, niosąc mały koszyczek polnych kwiatów. — Kiedy ma pani urodziny, panno Thereso? — zapytała niewinnie, układając płatki.

Theresa zawahała się, a z jej ust wyrwało się ciche westchnienie. — Właściwie były w zeszłym tygodniu — wyznała, a jej wzrok zatrzymał się na żywych kolorach kwiatów.

— W zeszłym tygodniu! — wydyszała Anna. — I nie świętowałyśmy tego?

— Ani nawet nie złożyłyśmy pani życzeń — dodała Clara, a jej policzki poczerwieniały z konsternacji.

— Naprawdę, nic się nie stało — zapewniła je Theresa, poruszona ich troską. — Cieszę się po prostu, że jestem tu z wami wszystkimi.

— Ale tak nie może być — upierała się Anna, a jej młodzieńcze poczucie sprawiedliwości było niezachwiane. — Musimy to naprawić.

— Oczywiście — zgodziła się Eliza. — Jutro będzie także pani dniem!

Zanim Theresa zdążyła zaprotestować, dziewczynki odbiegły, szepcząc między sobą plany. Patrzyła na nie z czułym ciepłem rozlewającym się w piersi, czując, jak nici rodziny oplatają jej serce.

Kilka tygodni później Richard zastał Theresę w stajni, gdy szczotkowała Ballerinę, której sierść lśniła pod jej troskliwą opieką. Oparł się o framugę drzwi, podziwiając łatwość, z jaką zadomowiła się w Belle Haven.

— Thereso — zawołał, a jego głos był dziwnie przepełniony nutą ekscytacji.

Odwróciła się, a jej brązowe oczy wyrażały ciekawość. — Tak, panie Bell?

— Mam coś dla pani. — Uniósł pięknie wykonane damskie siodło o kunsztownej rymarskiej robocie.

— Czy to dla mnie? — wyszeptała Theresa, zakrywając usta dłońmi z niedowierzaniem.

— Owszem — odparł Richard, podchodząc bliżej, by jej je wręczyć. — Nauczyła się pani jeździć konno z niezwykłą łatwością, a tamto stare siodło nie oddaje sprawiedliwości pani umiejętnościom.

— Panie Bell, ja... ja nie wiem, co powiedzieć — wyjąkała Theresa, wodząc palcami po misternym szwie siodła.

— Niech pani powie, że nadal będzie pani z nami jeździć — zaproponował ciepło. — I może pomoże mi pani w szkoleniu koni. Pani naturalne zdolności mogłyby być bezcenne.

— Szkolić konie? — powtórzyła, a w jej głosie brzmiało zdumienie. To z pewnością musiał być żart! Ale nie wyglądał, jakby żartował.

— Właśnie tak. Uczymy konie kawaleryjskie zachowania spokoju pośród głośnych hałasów, a przyzwyczajenie ich do damskiego siodła jest korzystne. Byłaby pani doskonałym wzorem łagodności i kontroli.

— Panie Bell, to najmilszy dar — powiedziała Theresa głosem drżącym ze wzruszenia. — Zaszczytem będzie dla mnie pomóc w każdy możliwy sposób.

— Zatem postanowione — oświadczył Richard, a uśmiech zmarszczył kąciki jego niebieskich oczu.

Dni Theresy w Belle Haven były coraz barwniejsze i bardziej pachnące. Poranki spędzała w siodle, a rześkie jesienne wiatry targały jej mysie włosy, gdy szkoliła konie z gracją, która przeczyła jej niedawno nabytym umiejętnościom. Rumaki reagowały na jej delikatny dotyk, a ich potężne ciała poruszały się pod nią z elegancją tancerzy.

— Spokojnie, Bucephalusie — zagruchała do niegdyś płochliwego ogiera, prowadząc go spokojnie obok zgrzytu garnków i patelni, zaaranżowanego przez Richarda, by przetestować odwagę konia. — Jesteś dzielnym chłopcem.

— Panno Wilkes, naprawdę ma pani do nich rękę! — wołał Richard, a podziw zabarwiał jego głos, gdy obserwował ją zza ogrodzenia.

Popołudnia przynosiły lekcje z dziewczynkami, podczas których cierpliwe nauczanie Theresy pielęgnowało не tylko ich młode umysły, ale także delikatne pędy siostrzanej miłości między nimi. Często łapała się na uśmiechu, gdy Clara recytowała tabliczkę mnożenia lub gdy Anna triumfalnie rozszyfrowała szczególnie trudne słowo podczas czytania.

— Tak, panno Wilkes? — zapytała pewnego dnia Anna, marszcząc czoło w skupieniu, gdy kreśliła staranne litery na swojej tabliczce.

— Dokładnie tak, moja droga — odpowiedziała Theresa głosem pełnym dumy, a Anna rozpromieniła się w odpowiedzi.

Rześkość zimy wprowadziła okres świąt Bożego Narodzenia, rzucając na Belle Haven magiczny blask, który zdawał się promieniować z każdego muśniętego śniegiem kamienia.

— Proszę spojrzeć, panno Wilkes! — wykrzyknęła Eliza, ciągnąc za spódnicę sukni Theresy, prowadząc ją do wysokiej choinki w wielkiej sali. — Papa umieścił na szczycie gwiazdę!

— Doprawdy? — zdumiała się Theresa, wpatrując się w lśniący symbol wieńczący jodłę.

— Owszem — wtrącił Richard, wyłaniając się z cienia z błyskiem w oku przypominającym samo światło gwiazd.

— I jest to nader stosowne, gdyż była pani naszą gwiazdą przewodnią, Thereso.

— Panie Bell, ja... ja nie wiem, co powiedzieć — wyjąkała, a znajomy rumieniec nieśmiałości zabarwił jej policzki.

— Proszę nic nie mówić — odparł ciepło, prowadząc ją do kręgu rodziny i przyjaciół zebranych wokół pianina. — Po prostu niech pani będzie tu z nami.

Gdy melodia „Dobrego króla Wacława" wypełniła pokój, wzrok Theresy przesunął się po twarzach oświetlonych migoczącym światłem świec — dziewczynki śpiewały z zapałem, pani Babcock nuciła bez melodii, a Richard patrzył na nią z niewypowiedzianą obietnicą kolejnych nadchodzących świąt. W tej chwili, gdy nuty unosiły się pod krokwie, a śmiech odbijał się od ścian, Theresa zdała sobie sprawę, że znalazła swoje miejsce na świecie — nie jako samotna sierota, ale jako ceniony członek tej wybranej rodziny.

— Wesołych świąt, panno Wilkes — szepnęła Anna, wsuwając swoją małą dłoń w dłoń Theresy.

— Wesołych świąt, moje kochane — odszepnęła Theresa, a jej serce przepełniała radość, gdy ścisnęła ich dłonie. I gdy śnieg nadal delikatnie padał na zewnątrz, otulając świat ciszą, radość w Belle Haven rozbrzmiewała czysto i prawdziwie, pieczętując nowo odnalezione poczucie domu Theresy.

Po Nowym Roku, gdy śnieg wciąż zalegał na rozległych terenach Belle Haven, Richard przygotowywał się do podróży do Londynu. Został mu powierzony transport grupy wybornych koni kawaleryjskich do kwatery głównej Gwardii Konnej, z czego był niezwykle dumny. Jego serce rosło, gdy patrzył na majestatyczne stworzenia, których oddechy były widoczne w rześkim, zimowym powietrzu. Te konie były zwieńczeniem lat ciężkiej pracy i poświęcenia. Widok ten był jednak słodko-gorzki; nie mógł powstrzymać dumy z wspaniałych stworzeń, które wychował, ale serce bolało go na myśl o tym, dokąd zmierzają. Zbyt wiele z nich nie wróci z pól bitewnych Europy.

— Panie Bell! — zawołał młody stajenny, wyłaniając się ze stajni z ostatnim koniem na uwięzi. — Ten jest dla pana gotowy.

— Dziękuję, Thomasie — odparł Richard. Kilku stajennych towarzyszyło mu w podróży, każdy z них jechał na jednym koniu i prowadził sznur trzech lub czterech kolejnych.

— Bezpiecznej podróży, sir — powiedział cichy głos, a on odwrócił się i zobaczył zbliżającą się Theresę, której brązowe oczy pełne były troski, gdy ciaśniej otulała się szalem, chroniąc się przed zimowym powietrzem.

— Nic mi nie będzie, Thereso — zapewnił ją. — To tylko kilkudniowa podróż i wrócę tak szybko, jak tylko będę mógł.

— Pańskie córki będą za panem tęsknić — powiedziała cicho, spuszczając wzrok na swoje stopy.

— Wiem — przyznał Richard, a jego wyraz twarzy spoważniał. — Ale mam do pani absolutne zaufanie, że zaopiekuje się pani nimi pod moją nieobecność. — Wyciągnął rękę, by położyć uspokajająco dłoń na jej ramieniu. — Była pani dla nas wszystkich darem niebios, Thereso. Nie wiem, co byśmy bez pani zrobili.

— Dziękuję, sir — mruknęła Theresa, a jej policzki zarumieniły się z przyjemności na jego słowa. — Obiecuję, że pana nie zawiodę.

— Co do tego nie mam wątpliwości — odparł Richard, delikatnie ściskając jej ramię, po czym je puścił. — Thereso — powiedział nagle, odwracając się z powrotem do niej. — Chcę, żeby pani wiedziała, jak wiele dla mnie znaczy to, że stała się pani częścią naszej rodziny. Dziewczynki panią głęboko kochają.

— Dziękuję, panie Bell — odpowiedziała Theresa głosem drżącym ze wzruszenia. — Praca z panem i pańskimi córkami była dla mnie zaszczytem. Nigdy nie byłam szczęśliwsza.

— My również — powiedział szczerze Richard. A potem, wiedząc, że nie może dłużej zwlekać, niechętnie odwrócił się od niej i dosiadł swego konia, gniadego ogiera, z którym pracował od czasu, gdy poświęcił Ballerinę do użytku Theresy. Machnięciem lejcami sznur koni ruszył, a ich kopyta odbijały się echem o twardą ziemię, niosąc go z dala od jedynego miejsca, w którym kiedykolwiek chciał być.

Gdy przejeżdżali przez bramy Belle Haven, Richard pozwolił sobie na chwilę, by spojrzeć wstecz na posiadłość, która od pokoleń była jego rodzinnym domem. Chociaż chłodne poranne powietrze sprawiało, że znajoma fasada wydawała się niemal eteryczna, wiedział, że po powrocie czeka na niego ciepło i miłość. Pojedyncza postać stała w drzwiach, patrząc, a uśmiech wykrzywił mu usta. Theresa zajmie się wszystkim, dopóki nie wróci. Jego dziewczynki nie mogły być w lepszych rękach.

— Londyn czeka — szepnął do siebie, a jego oddech zamienił się w parę w mroźnym powietrzu.

Po przybyciu do Londynu Richard został przyjęty ze zdumieniem i podziwem przez oficerów w kwaterze głównej Gwardii Konnej. Zachwycali się pięknem i siłą jego koni, a ich oczy były szeroko otwarte z podziwu, gdy głaskali lśniące sierści zwierząt i czuli moc pod opuszkami palców.

— Panie Bell — powiedział jeden z oficerów z nutą podziwu w głosie — to są naprawdę wyjątkowe stworzenia. Mamy szczęście, że mamy je w naszych szeregach.

— Dziękuję, sir — odparł pokornie Richard, czując ukłucie dumy głęboko w piersi. — Hodowla ich była moim zaszczytem i wiem, że będą wam dobrze służyć.

Gdy patrzył, jak oficerowie odprowadzają jego ukochane konie, Richard nie mógł powstrzymać uczucia straty. Wiedział, że każdy z nich był przeznaczony do wielkich rzeczy, ale rozstanie z nimi zawsze było trudne. Mimo to pocieszał się wiedzą, że teraz odegrają kluczową rolę w obronie swojego kraju, co było dziedzictwem, które bez wątpienia przetrwa ich wszystkich.

— Do zobaczenia — szepnął, a na kącikach jego ust pojawił się słodko-gorzki uśmiech.

— Panie Bell — powiedział urzędowy głos, a on odwrócił się i zobaczył młodego oficera trzymającego złożoną notatkę. — Mam tu dla pana wezwanie.

— Wezwanie? — Richard zmarszczył brwi, zdziwiony, przyjmując notatkę i łamiąc pieczęć. Rozkładając papier, opadła mu szczęka, gdy przeczytał treść.

— Na spotkanie z Księciem Regentem? — powiedział, oszołomiony, patrząc na oficera.

— Mam eskortować pana teraz do Pałacu Świętego Jakuba, sir. Jeśli zechce pan za mną pójść?

Richard nie przypuszczał, by miał wielki wybór. Jego serce biło szybciej z każdym krokiem, nie mogąc pojąć, dlaczego został wezwany do tak szacownego miejsca.

Przechadzając się po uświęconych salach pałacu, Richard podziwiał ozdobne gobeliny i mistrzowskie obrazy zdobiące ściany. Przełknął ślinę, a niepokój zawiązał mu się w żołądku, gdy zastanawiał się, co czeka go za ciężkimi dębowymi drzwiami, które leżały przed nim. Żałował, że nie miał okazji się przebrać; choć jego ubranie było dobrej jakości, było mocno znoszone, a buty miał zakurzone. Widział ukradkowe spojrzenia nienagannie ubranych dworzan, których mijali, i poczuł, że dłonie robią mu się lekko wilgotne z nerwów.

— Jego Królewska Wysokość, Książę Regent, oczekuje na pana w sali audiencyjnej — oznajmił lokaj, otwierając drzwi, by ukazać pokój skąpany w złotym świetle. Na drugim końcu, na aksamitnym tronie, siedział sam Książę, otoczony dworzanami. Richard ukłonił się głęboko, gdy został przedstawiony zgromadzeniu, boleśnie świadom wagi chwili.

— Ach, pan Bell — przywitał go ciepło Książę Regent, a jego oczy błyszczały z autentycznym zainteresowaniem.

— Słyszałem wiele o pańskich niezwykłych koniach i muszę przyznać, że oficerowie wychwalają je pod niebiosa. Wygląda na to, że są bardzo pożądane wśród wyższych rang kawalerii.

— Wasza Wysokość, jestem prawdziwie zaszczycony pańskimi słowami — wyjąkał Richard. — Dziełem mojego życia było hodowanie i szkolenie najlepszych koni w Anglii, i jestem zaszczycony, że zyskały przychylność так znamienitych dżentelmenów.

— W istocie — zgodził się Książę, a jego głos rozbrzmiewał w całej komnacie. — I właśnie z tego powodu postanowiłem nadać panu najznakomitszy zaszczyt. Tytuł szlachecki za pańskie nieocenione zasługi dla naszego wspaniałego kraju.

— Tytuł szlachecki? — powtórzył Richard, a jego oczy rozszerzyły się z niedowierzaniem. — Ja... ja nie wiem, co powiedzieć, Wasza Wysokość. To jest ponad wszystko, co mogłem sobie kiedykolwiek wyobrazić.

— Proszę nic nie mówić, panie Bell — odparł z uśmiechem Książę Regent. — Pańskie czyny mówią o wiele głośniej niż jakiekolwiek słowa. A teraz, uklęknij przede mną i przyjmij zaszczyt, na который так w pełni zasługujesz.

Klęcząc przed Księciem i czując zimną stal miecza dotykającą jego ramion, myśli Richarda zwróciły się ku Theresie i jego córkach. Stały się one siłą napędową w jego życiu, a ich miłość i wsparcie dawały mu siłę do wytrwania w obliczu przytłaczających przeciwności.

— Powstań, Sir Richardzie Bellu — ogłosił Książę, a jego głos zadzwonił z autorytetem.

— Dziękuję, Wasza Wysokość — zdołał wydusić Richard, a jego głos drżał z emocji. — Obiecuję kontynuować służbę mojemu krajowi i dostarczać tylko najlepsze konie dla naszej kawalerii.

— Doskonale — rozpromienił się Książę. — Mój brat Fryderyk, książę Yorku, nabył jednego z pańskich koni z Belle Haven, wie pan — zwierzył się z błyskiem w oku. — Mówi o jego sprawności w samych superlatywach, a nawet twierdzi, że to najlepszy koń, jakiego kiedykolwiek dosiadał.

— Wasza Wysokość zaszczyca mnie takimi słowami — odparł Richard, próbując powstrzymać falę dumy, która groziła, że go ogarnie. Świadomość, że jego konie były teraz doceniane przez członków rodziny królewskiej, przyniosła mu głębokie zadowolenie.

— Co prowadzi mnie do następnego punktu — kontynuował Książę, prostując się i wskazując na wielką mapę Anglii wiszącą na pobliskiej ścianie. — W Sandhurst budowana jest akademia wojskowa, w której będziemy szkolić najlepszych oficerów piechoty i kawalerii w kraju. Nie potrafię sobie wyobrazić nikogo bardziej odpowiedniego niż pan, Sir Richardzie, do dostarczania koni dla naszych przyszłych przywódców.

Serce Richarda wezbrało zarówno ekscytacją, jak i niepokojem. Odpowiedzialność była ogromna, ale tak samo wielka była okazja do zaprezentowania wyjątkowych cech koni z Belle Haven najwyższym szczeblom społeczeństwa.

— Wasza Wysokość — zaczął Richard, a jego spojrzenie powróciło, by spotkać się z wyczekującymi oczami Księcia — jestem głęboko zaszczycony pańskim zaufaniem i z radością przyjmę to zlecenie. Konie z Belle Haven z dumą będą służyć przyszłym oficerom z Sandhurst.

— Doskonale! — wykrzyknął Książę, klaszcząc w dłonie. — Wiedziałem, że mogę na panu polegać, Sir Richardzie. Pańskie oddanie rzemiosłu jest godne podziwu i nie mam wątpliwości, że oficerowie z Sandhurst będą równie pod wrażeniem.

— Dziękuję, Wasza Wysokość — odparł Richard z ukłonem, a jego serce biło szybko na myśl o tym nowym przedsięwzięciu. Poświęci się dostarczaniu tylko najlepszych koni dla Sandhurst, zapewniając, że każde zwierzę będzie godne odważnych ludzi, którzy poprowadzą je do boju.

Rozdział siódmy

— Przyszedł list od pana dla panny, panno Wilkes — oznajmiła pewnego ranka pani Babcock, gdy Theresa wróciła do domu po zwyczajowej porannej przejażdżce z dziewczynkami.

— Och, dziękuję pani, pani Babcock! — Theresa przyjęła liścik. — No już, już, dziewczynki — zaśmiała się, gdy nagle otoczyły ją córki Richarda, wszystkie błagając, by dowiedzieć się, co napisał ich ojciec. — Chodźcie, usiądźmy i przeczytajmy go razem.

Droga panno Wilkes — zaczynał się list. — *Mam nadzieję, że list ten zastanie pannę i dziewczynki w dobrym zdrowiu i znakomitych humorach. Piszę, aby poin-*

formować, że książę regent bardzo mnie polubił i poprosił o moją obecność w Londynie na dłuższy czas. Chociaż o wiele bardziej wolałbym być w domu z wami wszystkimi, nie mogę odrzucić tak prestiżowego zaproszenia. Obawiam się, że mogę być nieobecny przez kilka tygodni.

Serce Theresy ścisnęło się lekko na myśl o przedłużającej się nieobecności Richarda. Był dla niej i swoich córek zawsze tak miły i współczujący, że nie mogła powstrzymać poczucia straty, gdy go nie było. Dziewczynki go uwielbiały i z pewnością bardzo by za nim tęskniły. Już teraz dolna warga Elizy zaczęła drżeć. Theresa objęła małą ramieniem i czytała dalej.

Bezgranicznie ufam pannie w kwestii opieki nad moimi córkami podczas mojej nieobecności i wiem, że zajmie się nimi panna ze swoją zwykłą miłością i kompetencją.

Czytając te słowa, Theresa nie potrafiła powstrzymać lekkiego uśmiechu. Zrobiło jej się ciepło na sercu, wiedząc, że Richard tak bardzo wierzy w jej umiejętności.

Proszę pamiętać, by dbała panna również o siebie, panno Wilkes — kontynuował list. — *Nie mam wątpliwości, że pod moją nieobecność wszystko będzie działać bez zarzutu, ale proszę nie zapominać, że panna również zasługuje na odpoczynek i troskę.*

Czytając ostatnie wersy, Theresa poczuła, jak na jej policzki wkrada się rumieniec. Było dla niej jasne, że Richard szczerze troszczy się o jej dobro, i chociaż wiedziała, że głupotą byłoby czuć do swojego pracodawcy coś więcej niż wdzięczność, nie mogła powstrzymać się od żywienia do niego skrytego uczucia. Szybko jednak odsunęła tę myśl, przypominając sobie, że takie uczucia są niestosowne i niepraktyczne.

Do mojego powrotu proszę ucałować ode mnie dziewczynki i przyjąć moją najgłębszą wdzięczność za wszystko, co panna robi w Belle Haven. Z poważaniem, Sir Richard Bell.

— Sir Richard Bell? — wykrzyknęło kilka głosów jednocześnie, a Theresa się roześmiała.

— Owszem, jest i postscriptum!

Ku mojemu zdumieniu, książę pasował mnie na rycerza za dostarczenie kawalerii wspaniałych koni z Belle Haven.

— Pasowany na rycerza! No, no — powiedziała pani Babcock ponad radosnymi okrzykami dziewczynek. — Co za zaszczyt!

— Istotnie — mruknęła Theresa. — Najwyraźniej książę docenił zalety pana Bella tak samo jak my. To znaczy, sir Richarda — poprawiła się z cichym śmiechem.

— No już, dziewczynki, wystarczy. Umyjcie teraz ręce i marsz do dziecinnego pokoju — pani Babcock wyprawiła dziewczynki z pomieszczenia, zostawiając Theresę na chwilę samą ze swoimi myślami.

— Kilka tygodni — szepnęła do siebie, czując zarówno dumę, jak i smutek na myśl o przedłużającej się nieobecności Richarda. — Poradzimy sobie bez pana, ale jakże będziemy tęsknić.

Tydzień później Theresa siedziała w salonie z córkami Richarda, a na stole przed nimi leżał rozłożony egzemplarz *Timesa*. Nagłówek śmiało ogłaszał sir Richarda Bella jednym z najbardziej pożądanych kawalerów w Anglii, dzięki jego niedawnemu tytułowi szlacheckiemu oraz niezwykłemu sukcesowi jego cenionych koni.

— Spójrzcie na to! — zawołała Anna, wskazując na ilustrację Richarda w jego najlepszym stroju, siedzącego na wspaniałym ogierze. — Tatuś wygląda tak elegancko!

— Rzeczywiście — zgodziła się Clara, a jej oczy błyszczały z podziwu dla ojca.

— Wznieśmy toast za jego sukces — zaproponowała Theresa, nalewając dziewczynkom do kieliszków tłoczonego soku jabłkowego. Uniosły kieliszki wysoko, stukając się nimi, by uczcić osiągnięcia Richarda.

— Za tatę! — zawołały dziewczynki, popijając napoje i chichocząc z radości.

Chociaż Theresa przyłączyła się do ich wesołości, czytając o eleganckich damach, z którymi Richard spędzał czas na balach i przyjęciach, nie mogła powstrzymać ukłucia smutku. Wiedziała, że to naturalne, iż obracał się w takich kręgach, ale nie mogła pozbyć się uczucia zazdrości, które zżerało jej serce. Z cichą determinacją Theresa poprzysięgła sobie, że nigdy nie da Richardowi poznać czułych uczuć, jakie do niego żywiła. To było niemożliwe marzenie, które mogło prowadzić jedynie do złamanego serca i rozczarowania. Musiała skupić się na swoich obowiązkach w Belle Haven, czerpiąc pociechę z towarzystwa koni i edukacji swoich podopiecznych.

Gdy zima ustąpiła miejsca wiośnie, tygodnie mijały w zawrotnym tempie. Gospodyni w Belle Haven, stara pani Babcock, z wiekiem stawała się coraz wolniejsza, a jej niegdyś zwinne palce sztywniały od artretyzmu. Na Theresę spadła większość obowiązków kobiety, przez co musiała godzić własne zadania z obowiązkami gospodyni.

— Panno Wilkes — odezwała się pewnego dnia pani Babcock, gdy razem składały pościel — nie wiem, co byśmy bez panny zrobili. Praktycznie sama panna prowadzi ten dom.

Theresa uśmiechnęła się ciepło do starszej kobiety. — Każda z nas robi, co do niej należy, pani Babcock. Cieszę się, że mogę pomóc.

— Pomóc? — Pani Babcock potrząsnęła głową. — Moja droga, panna robi o wiele więcej niż tylko „pomaga". Stała się panna niezastąpiona.

Theresa zarumieniła się na te słowa, ale w duchu westchnęła. Wiedziała, że w słowach pani Babcock jest prawda, choć wolałaby, żeby tak nie było. Zwiększone obowiązki pozostawiały jej niewiele czasu na odpoczynek, ale nie zamierzała narzekać. Miała dach nad głową, jedzenie na stole i uczucie trzech słodkich dziewczynek. Życie, powtarzała sobie, mogło być o wiele gorsze, i rzeczywiście takie było, gdy mieszkała przy Duke Street.

Właśnie tej nocy, gdy Theresa położyła dziewczynki do łóżek, zamieszanie na dziedzińcu stajni sprawiło, że wyjrzała przez okno.

— Co to za krzyki, panno Thereso? — zapytała Clara, siadając w łóżku.

— Nic, czym musiałabyś się martwić — powiedziała stanowczo Theresa, zaciągając zasłonę. — Zajmę się tym. Dobranoc, moje drogie. — Zbiegła po schodach, w pełni gotowa powiedzieć komuś do słuchu za robienie takiego rabanu, gdy dziewczynki szykowały się do snu.

— Co to za hałasy? — zażądała wyjaśnień, wypadając z tylnych drzwi i maszerując w stronę dziedzińca stajni.

— Panno Wilkes! — zawołał głęboki głos z cienia. Theresa wpatrywała się, jak jeden ze stajennych wyłania się z mroku, ciągnąc za ramię małą postać.

— Thomas — wykrzyknęła. — Co się dzieje?

— Złapałem tego małego, brudnego koniokrada, jak kręcił się koło stajni — warknął, popychając chudego dzieciaka do przodu.

Oczy Theresy rozszerzyły się z rozpoznania, gdy dostrzegła znajomą twarz swojej młodej przyjaciółki z sierocińca, Molly. Zaschło jej w ustach i walczyła, by zachować spokój. — *Molly?*

— Theresa! — zawołała Molly, a łzy spływały po jej ubrudzonych policzkach. — Nie chciałam nic złego zrobić. Chciałam tylko zobaczyć konie.

— Puść ją — rozkazała Theresa drżącym głosem. — Znam ją, Thomasie. To żaden koniokrad.

Thomas zawahał się, po czym skinął głową i puścił ramię Molly.

— Dobrze, ale niech panna uważa — ostrzegł, zanim zniknął z powrotem w ciemności.

Łzy zakłuły Theresę w kącikach oczu, gdy Molly niemal wpadła w jej ramiona.

— Och, Molly, co ty zrobiłaś? — szepnęła.

— Przepraszam — szlochała Molly. — Już dłużej nie mogłam. Nikt nie pozwalał mi być kimś innym niż pomywaczką, a pomyślałam, że jeśli mam wykonywać brudną robotę, to wolę pracować przy koniach. Wiedziałam, że zrozumiesz.

— Ale jak się tu dostałaś? — zapytała oszołomiona Theresa.

— Szłam pieszo — pociągnęła nosem Molly, wycierając go wierzchem dłoni. — Przez całą drogę z Londynu. Spałam w stodołach.

— Mój Boże — wyszeptała Theresa, a jej umysł gorączkowo pracował na myśl o tym, co mogło się przydarzyć młodej dziewczynie podczas jej długiej podróży. — Musisz być zmarznięta i wygłodzona!

— Może troszeczkę — przyznała Molly, szczękając zębami.

— Chodź do środka — powiedziała pilnie Theresa, obejmując ramieniem chude plecy dziewczyny. — Umyjemy cię, nakarmimy i ogrzejemy. Rano zastanowimy się, co dalej.

Gdy znalazły się bezpiecznie w domu, Molly osunęła się na krzesło przy kominku w kuchni. Theresa szybko rozpaliła ogień, przywracając go do życia i napełniając pokój ciepłem. Migoczące płomienie rzucały tańczące cienie na chudą, upstrzoną błotem twarz Molly, podkreślając wyczerpanie wyryte na jej młodych rysach.

— Thereso — szepnęła Molly, a jej głos drżał z emocji. — Proszę, pozwól mi tu z tobą zostać. Obiecuję, będę ciężko pracować. Mogę pomagać przy koniach i we wszystkim, czego będziesz potrzebować.

Theresa westchnęła, a jej serce obciążyła desperacka prośba dziewczyny. Spojrzała na Molly, na jej ubrudzone policzki, zapadnięte oczy i surową determinację, która z nich biła. Mimo młodego wieku, Molly sama i pieszo pokonała długą drogę z Londynu do Hampshire, wszystko z miłości do koni i szansy bycia blisko Theresy.

— Oczywiście, że możesz zostać — uspokoiła ją cicho, posyłając mały, dodający otuchy uśmiech. — Ale tylko do powrotu sir Richarda, byśmy mogły omówić z nim twoją sytuację. W końcu to on jest panem Belle Haven i to do niego należy decyzja.

— Dziękuję — wyszeptała Molly, a jej oczy napełniły się łzami ulgi. — Nie zawiodę cię, Thereso. Przysięgam.

Przygotowując dla Molly ciepły posiłek i czyste ubrania, Theresa nie mogła przestać myśleć o tym, jak bardzo zmieniło się jej własne życie od przybycia do Belle Haven. Wydawało się, że minęła wieczność, odkąd opuściła sierociniec przy Duke Street jako wystraszona, samotna dziewczyna, która nie wiedziała nic o świecie poza jego murami. Ale teraz czuła, jakby znalazła swój prawdziwy dom.

I być może, pomyślała, spoglądając czule na zmęczoną dziewczynę, Molly również mogłaby znaleźć tu swój dom.

Zanim jednak Theresa zaprowadziła Molly do łóżka, miała do załatwienia ważną sprawę. Usiadłszy przy małym stoliku w swoim pokoju, wzięła czystą kartkę papieru i zaczęła pisać list, którego napisania nie można było dłużej odkładać.

Szanowna Pani Hatton — zaczęła, zanurzając pióro w kałamarzu. — *Z pewnością odczuje pani ulgę, piszę bowiem, aby poinformować, że pani zbiegła podopieczna, panna Molly Tate, odnalazła drogę do Belle Haven. Zapewniam, że jest w dobrych rękach i robimy wszystko, co w naszej mocy, by zapewnić jej szczęście i dobrobyt.*

Theresa miała tylko nadzieję, że pani Hatton nie zażąda natychmiastowego powrotu Molly. Molly prawdopodobnie znowu by uciekła, a następnym razem mogłaby nie mieć tyle szczęścia, by uniknąć krzywdy.

Do powrotu sir Richarda — zakończyła — *Molly pozostanie bezpieczna z nami w Belle Haven. Z poważaniem, Theresa Wilkes.*

Z westchnieniem satysfakcji Theresa zalakowała list i położyła go na parapecie, gotowy do wysłania pocztą następnego ranka. Kładąc się spać, poczuła cichy optymizm, który otulił ją jak ciepły koc, chroniąc przed niepewnością przyszłości.

— Dobranoc, Molly — szepnęła, gdy zdmuchnięto świecę, a pokój ogarnęła ciemność. — Znajdziemy tu dla ciebie miejsce, obiecuję.

Następnego ranka Theresa obudziła się z nowym poczuciem celu. Wiedziała, że dopóki Molly jest pod jej opieką, będzie musiała udowodnić jej wartość Richardowi, gdy ten wróci.

— Wstawaj, Molly — powiedziała, otwierając drzwi do małego pokoju, który przydzieliła Molly na noc. — Zaczynamy tu wcześnie.

— Już nie śpię! — Molly usiadła, przecierając zaspane oczy. — Jestem gotowa do pracy. W czym mogę pomóc?

— Po pierwsze — odparła Theresa, podając jej zgrabnie złożony stos ubrań. — Ubierz się, a potem pójdziemy razem do stajni. Konie czekają.

Gdy szły w stronę stajni, wschodzące słońce malowało niebo odcieniami złota i różu, rzucając na posiadłość ciepły blask, mimo szronu na ziemi. Theresa widziała zdumienie w oczach Molly, gdy ta chłonęła piękno otoczenia, co napełniło jej serce szczęściem i nadzieją.

— Dobrze, Molly — powiedziała, gdy dotarły do stajni. — Twoim pierwszym zadaniem będzie wybranie obornika z boksów i napełnienie poideł. Poradzisz sobie z tym? Thomas będzie cię nadzorował. — Wskazała na stajennego, który westchnął, ale posłusznie skinął głową na jej polecenie.

Molly skinęła głową z zapałem. — Tak, dam radę!

— Dobrze. — Theresa przystanęła, obserwując, jak Molly z determinacją zabiera się do pracy. — Pamiętaj, musimy udowodnić sir Richardowi, gdy wróci, że jesteś atutem dla Belle Haven.

Czoło Molly zmarszczyło się w skupieniu, gdy widłami wybierała zabrudzoną słomę. — Nie zawiodę cię, Thereso. Obiecuję.

— Kto to jest? — zapytał cichy głosik, a Theresa odwróciła się z uśmiechem do córek Richarda, które przyszły, gotowe na poranną przejażdżkę.

— Dzień dobry, moje drogie! Pamiętacie, jak opowiadałam wam o mojej przyjaciółce Molly z sierocińca, która też kocha konie? Przyjechała tu popracować przez jakiś czas.

— Jest brązowa. Jak ja — powiedziała Eliza, wpatrując się w Molly, która uśmiechnęła się do niej, nie przerywając pracy.

— Moi rodzice pochodzili z Indii. A twoi? — zapytała wesoło Molly.

Eliza nieśmiało potrząsnęła głową, chowając się za spódnicą Theresy, ale wciąż wpatrywała się w Molly.

— Chodźmy na przejażdżkę. — Theresa wzięła Elizę za rękę. — Będziecie miały czas, by poznać Molly później, obiecuję. Jestem pewna, że chciałaby poznać Kaczuszkę.

— Kaczuszka to mój kucyk — niemal szepnęła Eliza.

Oczy Molly rozszerzyły się. — Masz *własnego* kucyka? Mój Boże, musicie być najszczęśliwszymi dziewczynkami na świecie!

— Mamy po kucyku *każda* — powiedziała dumnie Anna. — A czasami możemy jeździć też na dużych koniach!

Molly była tak zdumiona, że zapomniała rzucać słomę, przynajmniej dopóki Thomas nie odchrząknął znacząco. Z zapałem wróciła do pracy, ale Theresa widziała na jej twarzy podziw i zdumienie.

Zaczęłam traktować Belle Haven jako coś oczywistego, pomyślała, odprowadzając dziewczynki do mniejszej, przyległej stajni, gdzie trzymano ich kucyki. *Nie minął nawet rok, a już czuję się, jakby to był mój dom od zawsze.*

Słońce zaszło za horyzontem, gdy Richard wjechał na ostatnie wzgórze, ukazując znajomą sylwetkę Belle Haven na tle ciemniejącego nieba. Widok ten napełnił go zarówno ulgą, jak i niepokojem; był poza domem o wiele dłużej, niż zamierzał, zostawiając Theresę samą z zarządzaniem posiadłością i jego córkami.

— Witamy w domu, sir! — Ze stajni wyłoniła się dziewczyna, może czternastoletnia, z zarumienioną z podniecenia twarzą, spiesząc, by odebrać jego konia. Miała brązową skórę i krótko przycięte, proste czarne włosy, ubrana była w prosty brązowy płaszcz i bryczesy, tak jak jego pozostali stajenni.

— A ty kim jesteś? — zapytał Richard, zaintrygowany nową postacią.

— Jestem Molly, sir — odpowiedziała, szybko dygnąwszy. — Pomagałam pannie Theresie, kiedy pan był nieobecny.

— Ach, rozumiem. — Wcale nie rozumiał, ale był pewien, że Theresa wyjaśni mu wszystko, gdy się z nią zobaczy.

— Tatusiu! — zawołały jednocześnie trzy młode głosy, a jego córki zbiegły po schodach frontowych. Rzuciły mu się w otwarte ramiona, a ich śmiech wypełnił powietrze niczym słodka melodia.

— Witajcie, moje kochane — mruknął Richard, mocno je przytulając. — Tak bardzo za wami tęskniłem.

— My za tobą też, tatusiu — zawołała Clara.

— Tak bardzo — pociągnęła nosem Eliza przy jego kołnierzu, a on pocałował jej czarne loki.

— Już nigdy nie wyjadę na tak długo, obiecuję — przyrzekł.

Gdy ponownie podniósł wzrok, tajemnicza Molly zniknęła, zabierając jego konia do stajni. Richard potrząsnął głową, na razie odsuwając myśli o niej. Córki zasługiwały na jego pełną uwagę.

Kiedy dziewczynki wreszcie zasnęły, Richard udał się do swojego gabinetu. Rozsiadłszy się w fotelu, rozejrzał się po znajomym otoczeniu, czując ulgę, że jest w domu. Ledwo sięgnął po stos papierów na biurku, które czekały na jego uwagę, gdy rozległo się ciche pukanie do drzwi.

— Proszę wejść — zawołał, a do środka weszła Theresa, nerwowo splatając dłonie.

— Sir, chciałam z panem porozmawiać o Molly — zaczęła, jej głos był pewny mimo widocznego niepokoju. — Była taką pomocą przez ostatnie tygodnie, a dziewczynki bardzo ją polubiły. Pracowała w stajniach, ale to oczywiście nie jest odpowiednie miejsce dla dziewczyny, i zastanawiałam się, czy mógłby pan rozważyć, by została moją asystentką.

Richard oparł się w fotelu, unosząc brwi ze zdziwienia. Dopiero po powrocie do domu zdał sobie sprawę, jak wielka odpowiedzialność spadła na zdolne barki Theresy podczas jego nieobecności, zwłaszcza że pani Babcock stawała się coraz starsza i wolniejsza. Ta świadomość wywołała w nim ukłucie winy; powinien był bardziej dbać o potrzeby swojego domu.

— Oczywiście — powiedział, kiwając głową z namysłem. — Jeśli uważa panna, że tak będzie najlepiej, ufam pani osądowi.

— Dziękuję, sir — odpowiedziała, a jej twarz rozjaśniła się ulgą i wdzięcznością.

Wtedy właśnie Richard naprawdę spojrzał na Theresę — nie jako na swoją pracownicę, ale jako na młodą kobietę, która stała się niezbędną częścią jego domu. Stała przed nim, promieniując witalnością. Chociaż nigdy nie była smukła jak sylfida, jej niegdyś miękko zaokrąglona sylwetka nabrała jędrności, a mięśnie wzmocniły się od codziennej pracy. Jej policzki były zaróżowione, a brązowe włosy wyglądały na lśniące i gęste.

W jej oczach pojawiła się nowa siła, a Richard ze zdumieniem odkrył, jak jest piękna. Był to cichy, skromny rodzaj urody, którego nigdy wcześniej nie zauważył, i poruszył w nim coś głęboko.

— Thereso — powiedział cicho, a jego głos zdradzał nutę emocji, które kłębiły się w jego wnętrzu. — Chcę podziękować pani za wszystko, co pani zrobiła - nie tylko podczas mojej nieobecności, ale od kiedy po raz pierwszy przybyła pani do Belle Haven. Stała się pani nieocenioną częścią naszej rodziny.

Rumieniec wkradł się na jej policzki, a ona spuściła głowę, nie mogąc spojrzeć mu w oczy. — Jest pan zbyt miły, sir — mruknęła, wyraźnie wzruszona jego słowami.

Oczy Richarda zatrzymały się na promiennej twarzy Theresy o moment za długo i poczuł niespodziewane ciepło rozchodzące się po jego piersi. Gwałtownie potrząsnął głową, karcąc się za takie myśli. Była w końcu jego pracownicą i było całkowicie niestosowne, by jego myśli błądziły w tym kierunku.

— Dobrze więc — powiedział nagle Richard, a jego ton zdradzał nutę wewnętrznej walki, którą próbował stłumić. — Molly może zostać. A panna... — zawahał się, biorąc głęboki oddech, zanim kontynuował — chcę, aby zatrudniła panna wszelką dodatkową pomoc domową, jaką uzna panna za konieczną. Ufam pani osądowi.

Theresa zamrugała, zaskoczona jego nagłą zmianą nastroju. — Tak, sir — odpowiedziała cichym, ale pewnym głosem. — Dziękuję za zaufanie, jakim mnie pan obdarzył.

Między nimi zapadła krótka cisza, przerywana jedynie odległym rżeniem konia ze stajni. Wzrok Richarda błądził po pokoju, zatrzymując się na wszystkim, byle nie na twarzy Theresy – na skomplikowanych wzorach tapety, szklanych karafkach na kredensie, na tym, jak światło kominka rzucało cienie na boazerię.

— Czy potrzebuje pan czegoś jeszcze, sir? — zapytała Theresa.

— Nie, nie — powiedział szybko, wymuszając uśmiech. — To wszystko, Thereso. Dziękuję.

— Oczywiście, sir — powiedziała, dygając, po czym odwróciła się, by wyjść z pokoju.

Gdy patrzył, jak odchodzi, Richard nie mógł powstrzymać dziwnej mieszaniny ulgi i żalu. Tak będzie najlepiej, mówił sobie, jeśli utrzyma odpowiedni dystans od Theresy. A jednak, gdy drzwi zamknęły się za nią i w pokoju znowu zapadła cisza, poczuł ukłucie tęsknoty — za czym, nie śmiał powiedzieć.

Rozdział ósmy

PORANNA MGŁA DOPIERO ZACZYNAŁA opadać, gdy Richard wracał z padoków, gdzie doglądał klaczy ze źrebiętami u boku. Szedł w stronę domu, a jego buty lekko zapadały się w wilgotną ziemię. Uśmiechnął się, spodziewając się kolejnego wspaniałego dnia spędzonego z rodziną i ukochanymi końmi.

— Sir Richardzie! — zawołał ktoś, wyrywając go z zamyślenia. Odwrócił się i zobaczył Thomasa, stajennego, który biegł w jego stronę z zaniepokojoną miną.

— Co się stało, Thomasie? — zapytał Richard, marszcząc czoło z troską.

— Przepraszam, panie, ale wygląda na to, że mamy niespodziewanych gości — wydyszał Thomas, łapiąc oddech. — Przybył komendant z Sandhurst, generał Harcourt, w towarzystwie młodej damy.

— Wielkie nieba — mruknął Richard, przypominając sobie mało subtelne aluzje komendanta na temat poślubienia jednej z jego wnuczek, gdy spotkali się w Londynie. Choć szanował starszego mężczyznę, Richard nie mógł powstrzymać ukłucia irytacji na myśl, że ktoś próbuje wepchnąć go w małżeństwo, na które nie był jeszcze gotów.

— Dziękuję, Thomasie — odparł Richard z kiwnięciem głowy, hartując ducha, po czym ruszył w stronę domu. Wiedział, że jego obowiązkiem jest ciepłe powitanie gości, nawet jeśli ich przybycie było niezapowiedziane i dość niewygodne.

Gdy Richard obszedł front domu, zobaczył, jak komendant wysiada z powozu i podaje rękę młodej damie, którą Richard rozpoznał. Starszy dżentelmen, odziany we wspaniały mundur wojskowy, który mimo zaawansowanego wieku wciąż na nim dobrze leżał, przywitał Richarda serdecznym uściskiem dłoni.

— Ach, Richardzie, mój chłopcze! Mam nadzieję, że nie masz nic przeciwko naszej małej niespodziewanej wizycie — zagrzmiał komendant, a jego głos niósł się echem.

— Oczywiście, że nie, panie generale. Zawsze jest pan mile widziany w Belle Haven — odparł Richard z wyćwiczoną uprzejmością, chociaż nie mógł powstrzymać ucisku niepokoju w żołądku.

— Znakomicie! Pomyślałem, że mojej wnuczce dobrze zrobi widok wsi, a pańska urocza posiadłość wydała się idealnym miejscem na wizytę — powiedział generał Harcourt, klepiąc Richarda po ramieniu.

— Rzeczywiście — mruknął Richard, a jego wzrok powędrował ku młodej kobiecie stojącej obok komendanta. Wiedział, że najwyższy czas pomyśleć o ustatkowaniu się, ale nagłość ich przybycia sprawiła, że poczuł się osaczony, niczym jeden z jego cennych koni prowadzony do nieznajomego boksu.

— Dzień dobry, sir Richardzie — przywitała go panna Harcourt, jej głos był słodki jak miód i łagodny jak letni wietrzyk. Dygnęła, a jej błękitna suknia zaszeleściła delikatnie wokół kostek. Jej złote loki upięte były w skomplikowany kok, a pasma włosów okalały jej porcelanową twarz, podkreślając szafirowe oczy i pąsowe usta. Nie dało się zaprzeczyć, że Elspeth Harcourt była oszałamiająca, a Richard rzeczywiście poważnie rozważał zaloty do niej i kilkakrotnie z nią tańczył w Londynie. Dziwne jednak, że od powrotu do domu nie pomyślał o niej ani razu, a jej obecność tutaj wydawała mu się teraz obca – stanowiła wtargnięcie, i to niechciane.

— Panno Harcourt — odparł Richard, kłaniając się lekko — witam w Belle Haven.

— Dziękuję panu — powiedziała, a jej oczy błyszczały ciekawością i ekscytacją. — Tak wiele słyszałam o pańskiej pięknej posiadłości i wspaniałych koniach, które pan hoduje. Cieszę się, że w końcu mogę to wszystko zobaczyć na własne oczy.

Czuł na sobie ciężar oczekiwań ojca i wiedział, że poślubienie kogoś takiego jak panna Harcourt zapewniłoby sukces i reputację Belle Haven na pokolenia. Była bogata i miała dobre koneksje, czyli wszystko, czego powinien szukać u narzeczonej. Richard z trudem utrzymywał spokój, rozdarty między pragnieniem spełnienia obowiązku a dręczącym uczuciem, że coś w tym układzie jest nie tak.

— Sir Richardzie, czy mogę zadać panu pytanie? — zapytała panna Harcourt, wyrywając go z zamyślenia.

— Oczywiście, panno Harcourt. Co panią trapi?

— Pańska posiadłość jest dość duża i wyobrażam sobie, że musi być trudno zarządzać nią samemu. Czy nie czuje się pan czasem samotny? — zapytała, jej spojrzenie badało jego twarz w poszukiwaniu odpowiedzi.

Prawie się roześmiał. Samotny? Z towarzystwem trzech córek, a teraz Theresy, Molly i wszystkich swoich koni?

— Ależ skąd. Mam doskonałe towarzystwo. I właśnie nadchodzą — powiedział, a jego oczy rozjaśniły się, gdy zobaczył trzy małe postacie galopujące przez łąkę na swoich żywiołowych kucykach. Za nimi, w spokojniejszym tempie, jechała na Ballerinie Theresa, jej brązowe włosy wymykały się spod prostego słomianego kapelusza i powiewały na wietrze.

— A kogóż my tu mamy? — zagrzmiał generał.

— Moje córki, panie generale, oraz ich guwernantkę — powiedział Richard.

— Nie wiedziałam, że ma pan dzieci, sir Richardzie! — Panna Harcourt spojrzała na swojego dziadka z wyraźnym szokiem na twarzy.

— Owszem — odparł Richard z nutą dumy w głosie, patrząc, jak dziewczynki się zbliżają. — Są moim sercem i duszą.

— Uroczo — mruknęła panna Harcourt, jej usta zacisnęły się lekko, gdy przyglądała się dziewczynkom, które właśnie zatrzymywały swoje kucyki i zsiadały z nich z młodzieńczą energią.

— Panno Harcourt, pozwoli pani, że przedstawię moje córki: Clarę, Annę i Elizę — powiedział Richard, przywołując dziewczynki. Dygnęły grzecznie, z policzkami zarumienionymi od jazdy, i przywitały Harcourtów nieśmiałymi uśmiechami.

— Jestem oczarowana, doprawdy — odparła panna Harcourt, obdarzając dziewczynki powściągliwym uśmiechem, który nie do końca dotarł do jej oczu, gdy lustrowała ich twarze: złotą skórę i skośne oczy Anny, ciemnobrązową skórę i dzikie czarne loki Elizy. — Muszę przyznać, że nigdy bym nie zgadła, że ma pan tak... niekonwencjonalny układ rodzinny, sir Richardzie. — W jej tonie brzmiało potępienie.

Richard poczuł nagły, opiekuńczy przypływ emocji, gdy spojrzał na swoje córki, na ich radosne i pełne zapału twarze, gdy wpatrywały się w swoją potencjalną przyszłą macochę. Wiedział, że społeczeństwo nie zaaprobuje jego decyzji o przyjęciu dziewczynek, ale ich szczęście było dla niego ważniejsze niż jakiekolwiek potępiające szepty.

— Życie potrafi nas wszystkich zaskoczyć, panno Harcourt — powiedział łagodnie. — Nie spodziewałem się, że zostanę ojcem, ale teraz, gdy mam te wspaniałe dziewczynki w moim życiu, nie zamieniłbym tego na nic innego.

— Rzeczywiście — mruknęła panna Harcourt, jej wzrok zatrzymał się na Theresie, która zsiadła z Balleriny i dołączyła do grupy. Jej mysie rysy i pulchna figura stanowiły ostry kontrast dla opanowanej, eleganckiej piękności stojącej obok Richarda.

— Ach, a to jest panna Wilkes, guwernantka dziewczynek i droga przyjaciółka — dodał Richard, uśmiechając się ciepło do młodej kobiety, która stała się integralną częścią ich rodziny. — Panno Wilkes, to państwo Harcourt, przybyli w odwiedziny z Sandhurst.

— To zaszczyt panią poznać — powiedziała Theresa, dygając, gdy jej spokojne spojrzenie spotkało się z chłodnym wzrokiem panny Harcourt. Jej cicha godność przeczyła skromnemu wyglądowi.

— Wzajemnie — odparła panna Harcourt, jej głos był serdeczny, choć subtelna pogarda w jej oczach nie uszła uwadze Richarda. Zauważył, że zaciska szczękę, nagle niepewny co do perspektywy zalotów do tak pięknej, lecz pełnej uprzedzeń kobiety. W końcu Belle Haven było dla niego czymś więcej niż tylko posiadłością; było sanktuarium dla jego niekonwencjonalnej rodziny i zrobiłby wszystko, by chronić ją i tych, których kochał.

— Dziewczynki, musimy odprowadzić konie do stajni i umyć się przed obiadem. Jeśli państwo pozwolą — powiedziała Theresa z grzecznym dygnięciem.

Panna Harcourt prychnęła i odwróciła twarz, nawet nie zauważając istnienia Theresy ani dziewczynek. Generał skrzywił się z dezaprobatą, a Richard patrzył, jak jego córki, wrażliwe na nastroje dorosłych wokół nich, cofnęły się, a cienie przemknęły po ich twarzach.

— Dziękuję, panno Wilkes — powiedział, z wysiłkiem utrzymując spokojny ton głosu.

Theresa nie spojrzała mu w oczy, zanim odwróciła się i poszła za dziewczynkami do stajni, a Ballerina potulnie podążała za nią.

— Zdecydowanie zbyt piękny koń dla służącej — burknął generał, a Richard wziął głęboki oddech.

— Czy zechcieliby państwo przejść się ze mną po ogrodzie? — zapytał.

Panna Harcourt spojrzała na swojego dziadka, a generał skinął głową.

— Dobrze. Posłuchamy, co ma pan do powiedzenia — rzekł generał Harcourt.

Idąc, Richard starał się wyjaśnić sprawę. — Pozwólcie mi wyjaśnić — powiedział z wymuszonym uśmiechem. — Właściwie nie jestem ich ojcem. Dziewczynki nie są moimi córkami z urodzenia, ale przyjąłem je pod swoją opiekę i uważam je za rodzinę.

Oczy panny Harcourt rozszerzyły się, a jej usta zacisnęły się w dezaprobacie. — Sir Richardzie, z pewnością musi pan zdawać sobie sprawę, że przyjmowanie takich dzieci jest wysoce niestosowne. Ich miejsce jest w sierocińcu, a nie wśród szanowanego towarzystwa.

— Słucham? — odparł Richard, jego ton był ostry, a oczy pociemniały z oburzenia. — Ich szczęście i dobrobyt są dla mnie najważniejsze. Belle Haven to ich dom i nie porzucę ich.

W tym momencie interweniował generał Harcourt, kładąc mocną dłoń na ramieniu Richarda. — Synu, czy mogę zamienić z tobą słowo?

— Oczywiście, generale — odpowiedział Richard, niechętnie oddalając się od panny Harcourt. Gdy odeszli od reszty, surowe oblicze generała zawisło nad nim, rzucając cień, który zdawał się przyciemniać tętniący życiem ogród.

— Sir Richardzie, rozumiem pańskie współczucie dla tych dziewcząt, ale musi pan zdać sobie sprawę z konsekwencji swoich działań — zaczął komendant, jego głos był niski i szorstki. — Żadna szanująca się kobieta nie poślubi mężczyzny, który upiera się przy wychowywaniu gromadki nieślubnych dzieci jak własnych! Naraża pan na szwank swoje szanse na odpowiednią partię.

— Generale, doceniam pańską troskę, ale te dziewczynki mnie potrzebują — odparł Richard z zaciśniętą szczęką. — Odmawiam odwrócenia się od nich tylko po to, by poprawić swoje perspektywy matrymonialne.

— Proszę pamiętać, że ma pan obowiązek wobec swojego nazwiska i majątku — ostrzegł generał, a jego słowa były ciężkie od niewypowiedzianego rozczarowania.

— Jestem w pełni świadom swojego obowiązku, dziękuję panu — powiedział Richard, zaczynając odczuwać irytację.

— Proszę dobrze przemyśleć, co może pan stracić, podążając tą drogą. Czy rozważał pan odesłanie dziewczynek? — zasugerował generał, jego ton był lekceważący i zimny. — Może do sierocińca na Duke Street albo zapłacenie innej rodzinie za ich wychowanie? No bo, tak naprawdę nikt nie chce gromadki dziewczynek. I tak trzeba je w końcu wydać za mąż. — Spojrzał na swoją wnuczkę z rezygnacją na twarzy.

— Generale, z całym szacunkiem, te dziewczynki są częścią mojej rodziny — odparł stanowczo Richard, patrząc starszemu mężczyźnie w oczy bez mrugnięcia. — Nie mogę ich tak po prostu porzucić, ponieważ mogą być niewygodne dla moich perspektyw matrymonialnych.

Ani generał Harcourt, ani Richard nie wiedzieli, że za murem, przy którym stali, kucała mała dziewczynka, słuchając każdego ich słowa. Clara zostawiła swojego kucyka z Anną i wróciła ze stajni, by podsłuchiwać, przekonana, że obecność pięknej młodej damy, która patrzyła na nie z taką odrazą, nie może wróżyć nic dobrego dla niej i jej sióstr.

Słysząc radę generała, by Richard wysłał je na Duke Street, Clara sapnęła, zasłaniając usta dłonią. Przerażona, że zostanie usłyszana, szybko się oddaliła, nie słysząc odpowiedzi swojego ojca, i pobiegła z powrotem do stajni. Jej włosy tworzyły dziką aureolę wokół zalanej łzami twarzy, a oddech wyrywał jej się w urywanych westchnieniach, gdy potykając się, podbiegła do Theresy.

— Panno Wilkes — wydusiła Clara przez szloch — słyszałam tatę... on nas odeśle. Tak powiedział!

Serce Theresy ścisnęło się na widok rozpaczy Clary. Upuściła grzebień, którym czesała grzywę Balleriny, przykucnęła i delikatnie przyciągnęła dziewczynkę do siebie, pozwalając jej ukryć twarz w prostej bawełnianej sukni

Theresy. W cieple objęć Theresy łzy Clary popłynęły jeszcze obficiej.

— Claro, kochanie, jestem pewna, że to jakieś nieporozumienie — mruknęła Theresa, odgarniając włosy dziewczynki z jej wilgotnego czoła. — A teraz powiedz mi, co usłyszałaś?

— Panna Harcourt i jej dziadek... powiedzieli, że powinnyśmy zostać odesłane — wyszeptała Clara przez łkanie. — Chcą, żeby tata poślubił pannę Harcourt, ale nie może, jeśli tu będziemy.

Myśl, że Richard mógłby w ogóle dopuścić do siebie taką myśl, była dla Theresy nie do pojęcia, a jednak strach, jaki to w niej wzbudziło, zmusił ją do konfrontacji z tą możliwością. Spojrzała w szeroko otwarte, przerażone oczy Clary i zobaczyła w nich odbicie tej samej niepewności, którą czuła. A co, jeśli Richard wybierze własne szczęście ponad ich zastępczą rodzinę?

— Claro, posłuchaj mnie — powiedziała stanowczo Theresa, ujmując dłonie dziewczynki. — Twój ojciec kocha ciebie i twoje siostry bardziej niż cokolwiek na świecie. Nigdy by was nie odesłał tylko po to, by zadowolić kogoś innego.

— Ale co, jeśli panna Harcourt każe mu wybierać? — szepnęła Clara, a jej dolna warga zadrżała.

— Wtedy dokona właściwego wyboru — zapewniła ją Theresa, przytulając Clarę jeszcze raz. — Jesteśmy jego rodziną i zawsze będziemy się wspierać. A teraz chodź, pójdziemy coś zjeść, a gdy Harcourtowie wyjadą, porozmawiam z twoim ojcem. Obiecuję.

Nie musiała długo czekać. Już wołano po powóz Harcourtów, który po kilku minutach odjeżdżał z Belle Haven. Na dobre, miała nadzieję Theresa.

Hartując ducha, by przezwyciężyć ucisk gniewu i strachu w piersi, Theresa pomaszerowała z powrotem w stronę stajni, a stukot jej butów rozbrzmiewał na brukowanej ścieżce. Wiedziała, że Richard tam będzie, szukając ukojenia wśród łagodnych rżeń i ziemistych zapachów koni, które tak uwielbiał.

Gdy weszła do słabo oświetlonej stajni, zapach siana i koni wypełnił jej nozdrza, pomagając skupić się na zadaniu. Tam, w dalekim rogu, stał Richard, jego wysoka sylwetka wyprostowana, gdy z miłością szczotkował lśniącą kasztanową klacz. Jego ciemne włosy opadały mu na czoło, częściowo przysłaniając intensywność jego jasnoniebieskich oczu. Kiedy podniósł wzrok i zobaczył Theresę, na jego ustach pojawił się nieśmiały uśmiech.

— Thereso — zaczął, ale przerwała mu, nie mogąc powstrzymać burzy emocji kłębiących się w jej wnętrzu.

— Richard, jak mogłeś? — zażądała odpowiedzi, opierając ręce na biodrach, gdy patrzyła na niego z wściekłością.

— Clara podsłuchała twoją rozmowę z generałem Harcourtem. Jest przerażona, że odeślesz ją i jej siostry, wszystko po to, byś mógł poślubić pannę Harcourt!

Jego twarz zbladła, a łagodność w oczach zastąpiła stalowa determinacja. — Thereso, ja...

— Czy kiedykolwiek przyszło ci do głowy — kontynuowała, a łzy napłynęły jej do oczu — że te dziewczynki to coś więcej niż tylko brzemię? Że widzą w tobie swojego prawdziwego ojca, a Belle Haven jako swój dom?

— Oczywiście, że o tym wiem! — zaprotestował Richard, odkładając szczotkę i podchodząc bliżej niej.

— Więc dlaczego, Richardzie? — błagała Theresa, jej głos się łamał. — Dlaczego rozważałeś odesłanie ich?

Wypuścił ciężko powietrze, przeczesując dłonią włosy, gdy walczył z myślami. W końcu spojrzał Theresie prosto w jej brązowe oczy, a jego własne lśniły szczerością.

— Thereso, wszystko źle zrozumiałaś — powiedział stanowczo. — Dziewczynki są moimi córkami i kropka. Nigdy bym ich nie odesłał, ani dla panny Harcourt, ani dla nikogo innego.

— Więc o czym rozmawiałeś z generałem Harcourtem? — zapytała, jej głos drżał z niepewności.

— O jego oczekiwaniach, jego opiniach... ale one nie dyktują moich wyborów — odpowiedział Richard, jego spojrzenie było niezachwiane. — Miłość, którą darzę moje córki, znaczy dla mnie więcej niż jakiekolwiek zobowiązanie wobec społeczeństwa. Belle Haven jest ich domem, a ja jestem ich ojcem, pod każdym względem, który się liczy. Poprosiłem Harcourtów, aby opuścili Belle Haven i nie wracali.

— Naprawdę? — zapytała, a jej serce przepełniła nadzieja.

— Owszem — potwierdził, a jego uśmiech się poszerzył. — Nie mam zamiaru uginać się pod ich wolą ani oczekiwaniami. Dziewczynki są moimi córkami i kropka.

Theresa zawahała się, zanim znów się odezwała. — Richardzie — zaczęła, jej głos był łagodny i ostrożny — wiem, że nie zależy ci na małżeństwie w wyższych sferach, ale panna Harcourt jest naprawdę piękna i jestem pewna, że są inne damy, które chętnie zostałyby twoją żoną. W końcu jesteś teraz całkiem bogaty.

Bezwiednie okręciła wokół palca niesforny kosmyk swoich mysich, brązowych włosów, kontynuując: — Może wdowa byłaby bardziej skłonna zaakceptować dziewczynki, chętna wychować je jak własne?

Richard oparł się o solidną ramę drzwi stajni, jego niebieskie oczy zamyśliły się, gdy patrzył na Theresę. Popołudniowe słońce malowało jego silne rysy złotym światłem, sprawiając, że wydawał się jeszcze przystojniejszy niż zwykle.

— Thereso — powiedział powoli, a ciepły uśmiech błąkał się w kącikach jego ust — już znalazłem kobietę, co do której jestem pewien, że dziewczynki chciałyby ją na matkę, gdybym dał im prawo głosu. — Zamilkł, pozwalając, by słowa na chwilę zawisły w powietrzu, po czym dodał: — Była tuż pod moim nosem przez cały czas.

Theresa zamrugała, próbując rozszyfrować zagadkowe stwierdzenie Richarda. Próbowała sobie przypomnieć wszystkie ostatnie spotkania z odpowiednimi wdowami lub innymi damami, które mogły zdobyć przychylność Richarda.

— Kto? — zapytała, autentycznie zdziwiona. — Nie mogę sobie nikogo przypomnieć, kto...

— Thereso — przerwał jej, podchodząc o krok bliżej. — Opiekujesz się nimi, odkąd przybyły, dbając o nie tak, jak robiłaby to matka. Stałaś się częścią naszej małej rodziny.

Jej serce zatrzepotało w piersi, czując się jednocześnie zaszczycona i zdezorientowana jego słowami. Zanim zdążyła odpowiedzieć, Richard pochylił się, delikatnie muskając jej usta w czułym, niewinnym pocałunku.

Rozdział dziewiąty

W UMYŚLE THERESY KŁĘBIŁ się zamęt, gdy delikatnie odepchnęła od siebie Richarda z oczyma rozszerzonymi ze zdziwienia. — Ja... ja potrzebuję czasu do namysłu — wyjąkała z policzkami płonącymi rumieńcem.

— Oczywiście — mruknął Richard. Patrzył, jak Theresa pospiesznie się wycofuje, z sercem walącym w piersi.

Osiadłaby Ballerinę i odjechała, uciekając tak szybko, jak tylko mogła, od uczuć, z którymi nie wiedziała, jak sobie poradzić, ale ponieważ Richard był w stajni, była zdana na własne nogi, co być może było i lepsze. Mogłaby iść przed siebie i nigdy nie wrócić.

Zamiast tego szła, a nogi niosły ją nie wiadomo dokąd.

W końcu dotarła do cichego strumienia wciśniętego między dwa gaje wierzbowe i usiadła na brzegu, by pomyśleć. Zanurzyła palce w chłodnej, czystej wodzie, obserwując, jak od jej dotyku rozchodzą się zmarszczki.

— Richard — szepnęła, a imię to ciężko zawisło w powietrzu. Nie mogła zaprzeczyć uczuciom, które narastały w niej od przybycia do Belle Haven, ale teraz, gdy ją pocałował, czuła się bardziej niepewna niż kiedykolwiek. Czy on naprawdę coś do niej czuł, czy to wszystko było jedynie częścią jakiegoś skomplikowanego planu, którego nie rozumiała?

Theresa westchnęła, przyciągając kolana do piersi i opierając na nich podbródek. Kochała życie, które tu znalazła, z córkami Richarda, pośród koni i pięknej okolicy, ale nie mogła znieść myśli o małżeństwie bez miłości. Bycie z Richardem, a jednocześnie wieczne wątpienie w jego uczucia, byłoby ponad siły jej serca.

Gdy tak siedziała pogrążona w myślach, słońce skryło się za horyzontem, pozostawiając na niebie zapierającą dech w piersiach paletę różów i fioletów. Delikatne pluskanie wody o brzeg zdawało się koić jej zszargane nerwy.

— Richard — mruknęła ponownie pod nosem, smakując to imię, jakby wypowiedzenie go na głos mogło wnieść nieco jasności w jej zmącone myśli. W głębi duszy wiedziała, że jego oświadczyny były czymś więcej, niż mogłaby sobie wymarzyć w najśmielszych snach. Małżeństwo z dobrym i przystojnym mężczyzną, który podzielał jej miłość do koni, który uczyniłby ją matką trzech małych dziewczynek, które uwielbiała — to było jak spełnienie bajkowych marzeń. A jednak...

— Czy on mnie kocha? — zastanawiała się, bezmyślnie zrywając mlecz i obracając go w palcach. Jej serce wezbrało uczuciem do niego, ale czy on czuł to samo? Czy może to tylko poczucie obowiązku i odpowiedzialności skłoniło go do zaoferowania jej ręki?

— Thereso — skarciła się łagodnie — musisz być praktyczna. Miłość czy nie, to okazja, której nie możesz przegapić. Jeśli przyjmie jego oświadczyny, zyska nie tylko kochającego męża, ale także bezpieczeństwo i ciepło domu, jakiego nigdy wcześniej nie znała.

— Może — szepnęła do wiatru — może nauczę się z tym żyć, jeśli nigdy nie pokocha mnie tak, jak bym tego pragnęła... Ale na tę myśl serce bolało ją i nie mogła powstrzymać zimnego dreszczu samotności, który ją przeszył, mimo że otaczały ją ciepłe barwy zachodu słońca.

— Panno Wilkes? — zawołał nieśmiały głos za jej plecami. Theresa podniosła wzrok i zobaczyła zbliżającego się jednego ze stajennych Richarda, z czapką kurczowo ściśniętą w dłoniach. — Wybaczy panienka, ale sir Richard prosił, żebym sprawdził, co u panienki. Robi się późno i martwi się.

— Dziękuję, Thomasie — odparła cicho, zmuszając się do lekkiego uśmiechu w stronę młodzieńca. — Wkrótce wrócę do domu.

Gdy stajenny skinął głową i odszedł, Theresa rzuciła ostatnie, tęskne spojrzenie na gasnące niebo, jakby szukała w jego głębi jakiejś boskiej mądrości. Następnie, zdeterminowana, westchnęła, wstała i ruszyła z powrotem w stronę Belle Haven, a każdy krok przybliżał ją do doniosłej decyzji, która na zawsze miała odmienić bieg jej życia.

— Och, panna Wilkes! — zawołała pani Babcock, gdy wchodziła do domu, a Theresa wyprostowała ramiona i zmusiła usta do uśmiechu.

— Pani Babcock. Przepraszam, że wróciłam tak późno. Czy Molly położyła dziewczynki spać bez problemu?

— Oczywiście, panienko... Ma panienka gościa. Jest w kuchni.

— Gościa? — Zdezorientowana Theresa zmarszczyła brwi. Nie miała pojęcia, kto mógłby ją odwiedzić, zwłaszcza tak późnym wieczorem.

— Theresa! — To znajoma twarz spojrzała na nią z krzesła przy kuchennym stole, kobieta, której nie widziała od ponad roku, od kiedy opuściła sierociniec przy Duke Street. Helen Milnes, dziewczyna, która prawie dostała posadę Theresy. Złote loki Helen okalały jej ładną twarz, a niebieskie oczy zalśniły ulgą na widok Theresy.

— Mój Boże, Helen! Co cię tu sprowadza? — zapytała Theresa, na chwilę odsuwając na bok ciężar propozycji Richarda.

Helen zawahała się, spuszczając wzrok na splecione dłonie. — Odeszłam ze swojej posady w Londynie — przyznała cicho, a w jej głosie pobrzmiewała nuta wstydu. — Sprawy nie potoczyły się tak, jak miałam nadzieję.

— Proszę skorzystać z mojego saloniku — powiedziała uprzejmie pani Babcock, zerkając na służbę kuchenną, która z zainteresowaniem przyglądała się nowo przybyłej. — Tam będziecie mogły porozmawiać na osobności.

— Chodź — rzekła łagodnie Theresa, już sięgając po ramię Helen. — Porozmawiamy o tym przy filiżance herbaty. — Theresa nie mogła powstrzymać wdzięczności za to niespodziewane odwrócenie uwagi. Na krótką chwilę jej własne kłopoty zbladły, zastąpione troską o przyjaciółkę.

Gdy usiadły w przytulnym saloniku gospodyni, z parującymi filiżankami herbaty i talerzem herbatników na stoliczku między nimi, Helen zawahała się, nerwowo wyłamując palce na kolanach. Jej głos drżał, gdy mówiła.

— Nie wiedziałam, do kogo innego się zwrócić, Thereso. Popełniłam straszny błąd.

— Cokolwiek to jest — zapewniła ją Theresa — znajdziemy sposób, żeby to naprawić. Możesz mi zaufać, Helen.

Biorąc głęboki oddech, Helen spojrzała Theresie w oczy.
— Jestem w ciąży, Thereso. Mój pracodawca... wykorzystał mnie, a potem zwolnił, gdy dowiedział się o moim stanie. Nie mam dokąd pójść.

Wyszeptane wyznanie zawisło w powietrzu między nimi, ciężkie od bólu serca i zdrady. Theresa poczuła falę gniewu w imieniu Helen, ale odsunęła ją na bok, skupiając się na dobru przyjaciółki.

— Z pewnością twój pracodawca nie może tak po prostu panią wyrzucić — powiedziała Theresa stanowczym głosem. — Powinien wziąć odpowiedzialność za swoje czyny.

— Nie zrobi tego — odparła z goryczą Helen, a po jej policzkach popłynęły łzy. — A ja nie chcę, żeby moje dziecko wychowywało się w sierocińcu przy Duke Street. Ty i ja tego doświadczyłyśmy. Nie chcę tego dla mojego dziecka.

Theresa wyciągnęła rękę i ujęła drżące dłonie Helen, ofiarowując pocieszenie, jakie tylko mogła. W tamtej chwili wiedziała, że zrobi wszystko, co w jej mocy, by pomóc przyjaciółce, nawet jeśli oznaczałoby to podjęcie trudnych decyzji dla niej samej.

Serce Theresy wezbrało gwałtownym pragnieniem ochrony Helen i jej nienarodzonego dziecka. W przebłysku jasności umysłu zdała sobie sprawę, że jeśli poślubi Richarda, zyska władzę podejmowania decyzji, które mogą zmienić życie innych na lepsze.

— Zaczekaj tutaj — powiedziała Theresa, a jej oczy błyszczały determinacją. — Muszę porozmawiać z sir Richardem.

— Thereso, co zamierzasz zrobić? — zapytała Helen, spoglądając na przyjaciółkę z mieszaniną nadziei i lęku.

— Zaufaj mi — odparła Theresa, ściskając jeszcze raz uspokajająco dłoń Helen, zanim wyszła z pokoju.

Gdy zbliżała się do gabinetu Richarda, w myślach Theresy kipiały zarówno ekscytacja, jak i lęk. Jej miłość do Richarda rosła nieprzerwanie od ich pierwszego spotkania, ale wiedziała, że on nie czuje tego samego. A jednak nie mogła zaprzeczyć pragmatyzmowi ich potencjalnego związku. Zapewniłby on stabilność i bezpieczeństwo nie tylko jej samej, ale także osobom, na których jej zależało: Helen, Molly i matce, której tak desperacko potrzebowały Clara, Anna i Eliza.

— Sir Richardzie? — Theresa delikatnie zapukała do drzwi jego gabinetu.

— Proszę wejść — dobiegł z wewnątrz jego głęboki głos, ciepły i przyjazny jak zawsze.

Zastała Richarda siedzącego za ciężkim, dębowym biurkiem; jego niebieskie oczy były pełne troski, gdy badał jej twarz. — Thereso, czy wszystko w porządku?

— Panie, podjęłam decyzję. — Wzięła głęboki oddech, by się uspokoić. — Jeśli to pana ucieszy, przyjmuję pańskie oświadczyny.

— Naprawdę? — Zdziwienie Richarda było oczywiste, ale w jego oczach przemknęła nuta ulgi. — Jestem zaszczycony, Thereso. Czy mogę zapytać, co skłoniło panią do tej decyzji?

— Oczywiście — powiedziała, splatając dłonie przed sobą. — To z powodu mojej drogiej przyjaciółki, Helen. Jest w rozpaczliwej potrzebie, a wierzę, że jako pańska żona będę w stanie zapewnić jej pomoc, której potrzebuje.

— Thereso — powiedział cicho, wstając z krzesła i obchodząc biurko, by stanąć przed nią. — Nie musi pani wychodzić za mnie wyłącznie ze względu na kogoś innego. Jeśli jest cokolwiek, co mogę zrobić, by pomóc pańskiej przyjaciółce, z chęcią to uczynię.

— Sir Richardzie, rozumiem. Ale szczerze mówiąc, jest wiele powodów, dla których pragnę pana poślubić. Pańska dobroć, hojność i zrozumienie poruszyły moje serce, a bycie matką dla pańskich córek to marzenie, o którym myślałam, że nigdy się nie spełni. — Jej głos drżał z emocji. — Jednak to myśl o możliwości wpłynięcia na czyjeś życie dała mi odwagę, by przyjąć pańskie oświadczyny w tym momencie.

— W takim razie, jak najbardziej — odparł Richard — zmieniajmy świat razem.

— Dziękuję — szepnęła Theresa z sercem przepełnionym wdzięcznością.

— A teraz proszę mi powiedzieć. W jakich kłopotach jest Helen i jak możemy jej pomóc? — Ujął jej dłoń i delikatnie ją ścisnął.

— Helen jest w ciąży, została wykorzystana przez swojego pracodawcę w Londynie, a następnie zwolniona bez referencji. Nie wiedziała, dokąd się zwrócić. — Theresa wpatrywała się w niego błagalnie, prosząc go o zrozumienie i brak osądu.

Richard zmarszczył brwi, wyraźnie rozgniewany niesprawiedliwością, jaka spotkała Helen. — Biedna dziewczyna — mruknął.

— Pomyślałam... Pani Babcock zwalnia tempo, ale niechętnie myśli o emeryturze, nawet mając do dyspozycji przytulny domek, który pan dla niej przygotował. Pomyślałam, że może Helen mogłaby dołączyć do domowników jako jej asystentka i stopniowo przejmować jej obowiązki gospodyni. Ułatwiłoby jej to łagodne przejście na emeryturę. — Theresa przygryzła wargę, mając nadzieję, że Richard nie uzna, że się zagalopowała.

— To brzmi jak wspaniałe rozwiązanie kilku różnych problemów — powiedział Richard zachęcająco. — Nie mam wątpliwości, że pani Babcock ucieszy się, mając kogoś młodego i energicznego, kto przejmie część jej zadań. A Helen będzie mogła wziąć urlop, kiedy urodzi się jej dziecko, i nigdy nie będą musieli się rozdzielać.

— Wiedziałam, że pan zrozumie — szepnęła Theresa, niemal przytłoczona wdzięcznością.

— Chodźmy. Pójdziemy razem, porozmawiasz z Helen o jej nowej roli, a ja zapewnię ją, że zarówno ona, jak i jej dziecko są bezpieczni w Belle Haven tak długo, jak tylko zechcą tu zostać. — Ścisnął jej dłoń, a potem jego uśmiech stał się szerszy. — A potem będziemy musieli pomyśleć, jak powiemy dziewczynkom, że zostaniesz ich matką. Przyznam, że nie mogę się doczekać, by zobaczyć ich radość na tę wieść!

Uśmiech Theresy w odpowiedzi był szczery. Zostanie matką Clary, Anny i Elizy było darem, za który nigdy nie będzie w stanie być wystarczająco wdzięczna.

Następnego popołudnia słońce rzucało złocisty blask na ogrody Belle Haven, gdy Helen stała przy oknie, obserwując Theresę i Richarda spacerujących razem po żwirowej ścieżce. Wdzięczność wypełniała jej serce, gdy rozmyślała o nowym życiu, które tak hojnie jej ofiarowano.

— Panno Milnes — odezwał się za nią łagodny głos pani Babcock. — Czy mogłabym zamienić słówko?

— Oczywiście, pani Babcock — odparła Helen, odwracając się do starszej kobiety z pełnym szacunku uśmiechem.

— Po pierwsze — zaczęła pani Babcock, a jej poorana zmarszczkami twarz złagodniała w ciepłym uśmiechu — muszę podziękować za gotowość wsparcia mnie w mojej roli. Utrzymanie takiego domu to nie lada zadanie, a pani pomoc będzie bardzo doceniona.

— Dziękuję, pani Babcock — powiedziała szczerze Helen, wzruszona uprzejmością starszej kobiety. — To zaszczyt pracować u pani boku.

— Po drugie — kontynuowała gospodyni, a jej wyraz twarzy spoważniał — czuję, że musimy omówić pani... sytuację.

Policzki Helen oblały się rumieńcem, a w środku kłębiły się wstyd i niepokój. Wiedziała, do czego nawiązuje pani Babcock – do jej haniebnej ciąży. Świadomość, że reszta służby wkrótce odkryje jej sekret, gdy ukrycie rosnącego brzucha stanie się niemożliwe, tylko potęgowała jej strapienie.

— Proszę — powiedziała łagodnie pani Babcock, kładąc pocieszająco dłoń na ramieniu Helen — niech się pani nie martwi. Rozumiem okoliczności, w jakich się pani znalazła, i nie obwiniam pani za to, co zrobił pani mężczyzna bez moralności.

— Dziękuję — wyszeptała Helen głosem ściśniętym od emocji. — Nie wyobraża sobie pani, jaką ulgę przynoszą te słowa.

— Jednakże — kontynuowała starsza kobieta tonem stanowczym, lecz współczującym — ważne jest, abyśmy chroniły nie tylko pani reputację, ale także reputację Belle Haven. Dlatego sugeruję, aby przyjęła pani rolę szanowanej wdowy, co pozwoli zminimalizować wszelkie plotki i spekulacje. Od tej chwili jest pani *panią* Milnes, rozumie mnie pani? Pani mąż był marynarzem, dajmy na to, zaginął na morzu. Panna Wilkes dowiedziała się o pani smutnej stracie i napisała, by zaoferować pani stanowisko mojej asystentki.

— Oczywiście — zgodziła się Helen, kiwając głową z powagą. — Zrobię wszystko, co konieczne, by zachować swoje miejsce i odwdzięczyć się za okazaną mi dobroć. — To było niewielkie kłamstwo, by chronić swoje dziecko.

— Bardzo dobrze — powiedziała z uśmiechem pani Babcock, klepiąc ją uspokajająco po dłoni. — A teraz omówmy pani obowiązki jako przyszłej gospodyni. Jest wiele do nauczenia się, jeśli ma pani odnieść sukces w swojej roli.

Gdy Helen uważnie słuchała instrukcji pani Babcock, poczuła, jak w jej żyłach na nowo krąży poczucie celu. Chociaż jej przyszłość będzie pełna wyzwań, była zdeterminowana, by w pełni wykorzystać tę szansę i zbudować lepsze życie dla siebie i swojego nienarodzonego dziecka.

— Miesiąc? — zapytała Theresa. Siedziała na eleganckiej szezlongu w gabinecie Richarda, wpatrując się w niego. Poprosił ją, by przyszła po ich spacerze w ogrodzie, aby omówić szczegóły ślubu. Oczywiście, tego samego ranka, z samego rana, powiedzieli o tym razem dziewczynkom, a niemal pierwsze pytanie, jakie padło z ust Clary, brzmiało:

— Kiedy będzie ślub?

— Trzy tygodnie na zapowiedzi — zauważył Richard.

— Moglibyśmy oczywiście wziąć ślub wcześniej za pozwoleniem, ale nie sądzę, by było to konieczne, prawda? To tylko wywołałoby plotki. A właściwie, aby uniknąć skandalu, myślę, że najlepiej będzie, jeśli wyprowadzę się stąd do czasu ślubu.

Theresa uśmiechnęła się, a on wiedział, o czym myśli. Wielu ludzi i tak uważało wszystko w jego domu za skandaliczne, ale Richard znał prawdę. Wiedział też, że za nic w świecie nie narazi Theresy na niepotrzebne plotki, dlatego usunie się, by chronić jej reputację.

— Jutro poinstruuję wikarego w sprawie zapowiedzi, a potem i tak muszę jechać do Sandhurst z dostawą koni. — Biorąc jej dłoń, delikatnie ją ucałował, z pewną przyjemnością obserwując lekki rumieniec, który pojawił się na jej policzkach pod wpływem jego rycerskich względów. — Jak zawsze, ma pani moje bezgraniczne zaufanie w zarządzaniu sprawami tutaj, w Belle Haven, włączając w to wszelkie przygotowania ślubne, jakich sobie pani życzy. Proszę zamówić nowe suknie dla siebie i dla dziewczynek, cokolwiek pani zechce. Nie mamy czasu, by zamawiać dla pani stroje ślubne z Londynu, ale może po ślubie wybierzemy się na wycieczkę i będzie pani mogła zamówić wszystko, co się pani spodoba.

— Jest pan zbyt hojny — mruknęła Theresa, patrząc wszędzie, byle nie na niego. — Jeśli pan pozwoli? Jestem pewna, że dziewczynki dają już Molly w kość.

— Oczywiście. — Westchnął, wstając grzecznie, gdy ona się podniosła. Chciała dygnąć, ale wyciągnął rękę, by ją powstrzymać, potrząsając głową. — Thereso... nie musi już pani tego robić. Wkrótce zostanie pani moją żoną. Lady Bell.

Na te słowa jej oczy poderwały się ku niemu, a usta rozchyliły się w szoku. Uśmiechnął się szeroko. — Czy to brzmi dziwnie? Proszę się przyzwyczajać.

— Lady Bell — wyszeptała niemal pod nosem, powoli kręcąc głową, po czym wybuchnęła cichym śmiechem. — Ze wszystkich najśmielszych marzeń, na jakie pozwalałam sobie w sierocińcu, żadne nie zbliżyło się do tego! — Jej uśmiech był jak promień słońca, gdy na niego patrzyła. — Spełnił pan każde moje tęskne marzenie, a nawet więcej. Dziękuję, Richardzie. Dziękuję!

Zniknęła, zanim zdążył jej powiedzieć, że nie ma za co dziękować, że zasługuje na wszystko, co może jej dać, i jeszcze więcej.

W cichej samotności gabinetu Richard pozwolił sobie na rozważenie niezaprzeczalnej prawdy: nie potrafił już sobie wyobrazić życia bez Theresy. Stała się integralną częścią jego świata – gwiazdą przewodnią w konstelacji jego serca.

— Ojciec zawsze mówił, że mężczyzna powinien żenić się z rozsądku — zamyślił się, a wspomnienie ich dawnej rozmowy odbiło się echem w jego umyśle. — A jednak nie mogę się powstrzymać od zastanawiania, czy nie ma w tym czegoś więcej.

— Panie? — Nieśmiały głos przerwał jego zadumę, a Richard odwrócił się i zobaczył stojącą w drzwiach starszą panią Babcock.

— Ach, pani Babcock — powiedział, zmuszając się do uśmiechu. — W czym mogę pomóc?

— Wybaczy pan, sir Richardzie, ale Anna o pana pytała. Chciała pokazać panu rysunek, który dziś zrobiła. — Oczy gospodyni zmrużyły się w kącikach, gdy mówiła, co świadczyło o jej sympatii do małej dziewczynki.

— Oczywiście — odparł Richard, zawsze ciesząc się czasem spędzonym z córkami. Idąc za panią Babcock z gabinetu, nie mógł przestać myśleć o rodzinie, którą tworzył – nie tylko dla siebie, ale także dla Theresy.

— Anno, spójrz, kogo przyprowadziłam! — oznajmiła pani Babcock, gdy weszli do przytulnego salonu, gdzie zebrały się dziewczynki.

— Tato! — zawołała Anna, pędząc do Richarda ze swoim rysunkiem ściśniętym w małych rączkach. — Zobacz, co dla ciebie narysowałam!

Richard uklęknął, biorąc kartkę i podziwiając prosty, ale szczery wizerunek ich rodziny. Łagodny uśmiech pojawił się na jego ustach, gdy patrzył na każdą twarz – Clarę, Annę, Elizę i, oczywiście, Theresę.

— Dziękuję, moja droga — powiedział łagodnie, przytulając Annę. — Będę go cenił na zawsze. — Oprawi go w ramkę i powiesi w swoim gabinecie. Uśmiechnął się, gdy do głowy przyszła mu myśl o wspaniałych dziełach sztuki i gobelinach na ścianach pałacu księcia regenta. Kontrast nie mógłby być większy, ale Richard wiedział, że patrzenie na ten prosty, narysowany z miłością rysunek, przyniesie mu o wiele więcej szczęścia niż jakiekolwiek drogie dzieło sztuki.

W miarę upływu wieczoru Richard łapał się na tym, że zerka na Theresę, która siedziała przy kominku, z uwagą skupioną na książce na kolanach, czytając na głos jego córkom. Jej obecność wypełniała pokój, ogrzewając go jak migoczące płomienie tańczące w palenisku.

— Theresa — pomyślał, pozwalając, by jej imię ponownie otuliło jego serce. — Moja miłość, moje życie.

W tamtej chwili Richard przysiągł sobie, że będzie cenił i chronił Theresę nie tylko z obowiązku, ale dlatego, że stała się częścią niego, wplecioną w samą tkankę jego istnienia.

Jutro opuści Belle Haven, aby chronić jej reputację, nie wracając aż na kilka dni przed ślubem, ale obiecał sobie dać Theresie cały czas, jakiego potrzebuje, by się w nim zakochać – tak jak on już ją kochał.

Rozdział dziesiąty

Słońce leniwie wzeszło nad horyzontem, rzucając ciepłe, złote promienie na cichą wioskę Belle Haven. Theresa stała u bram posiadłości, a jej serce biło z mieszaniną wyczekiwania i niepokoju. Richard właśnie rozmawiał z miejscowym wikariuszem, finalizując ich plany dotyczące zapowiedzi przedślubnych. Wszystko działo się tak szybko, a jednak Theresa czuła, jakby całe jej życie prowadziło do tej chwili.

— Thereso, moja droga — powiedział cicho Richard, a jego oczy przepełnione były czułością. — Muszę teraz jechać do Sandhurst, żeby dostarczyć te konie. Wrócę, zanim się obejrzysz, i weźmiemy ślub. — Spojrzał na wspaniałe wierzchowce, które cierpliwie na niego czekały, a ich oddechy były widoczne w rześkim porannym powietrzu. Ich zadbane sierści lśniły w słońcu, świadcząc o trosce i poświęceniu, jakie Richard wkładał w swoją pracę.

— Oczywiście, Richardzie — odparła z drżącym uśmiechem, próbując uspokoić galopujące myśli. Wiedziała, że to pasja Richarda do koni ich połączyła, ale myśl o rozłące z nim w tak kluczowym momencie napawała ją lękiem. A co, jeśli coś się stanie, gdy go nie będzie?

— Obiecaj mi, że będziesz na siebie uważał — poprosiła drżącym głosem.

— Thereso, masz moje słowo — zapewnił ją, a jego niebieskie oczy z przekonaniem napotkały jej wzrok. — Opiekuj się moimi córkami. Jesteś najwspanialszą kobietą, jaką kiedykolwiek znałem, i bezgranicznie ci ufam.

Delikatnym muśnięciem dłoni na jej policzku Richard odwrócił się i wskoczył na konia.

— Do widzenia, moja miłości — zawołał przez ramię, a serce Theresy wezbrało czułością, gdy patrzyła, jak znika w oddali.

Stała tam jeszcze przez chwilę, chłonąc piękno poranka i obietnicę, jaką niósł. Richard dał jej nowe życie, pełne miłości i celu. Gdy odwróciła się, by wrócić do rezydencji, Theresa nie mogła przestać się dziwić niesamowitej podróży, która ją tu przywiodła. Od zwykłej sieroty z miłością do koni, po przyszłą żonę dobrego i współczującego sir Richarda Bella, panią tej wspaniałej posiadłości — była to historia, w którą ledwo mogła uwierzyć.

— Panno Thereso! — zawołała Clara, przebiegając przez trawnik, a za nią podążały jej siostry, Anna i Eliza. — Chodź i zobacz, co znalazłyśmy!

— Dobrze, moje kochane — odparła Theresa, a jej duch napełnił się otuchą, gdy odsunęła na bok dręczące ją wątpliwości. Wiedziała, że Richard wkrótce wróci i ich wspólne życie naprawdę się rozpocznie. Tymczasem postanowiła cenić każdą chwilę spędzoną z dziećmi, które tak wiele dla niej znaczyły.

— Pokażcie mi, co odkryłyście — powiedziała z determinacją, podążając za dziewczynkami w stronę ich najnowszej przygody. I gdy biegły przez zroszoną trawę, Theresa wiedziała, że bez względu na to, jakie wyzwania je czekają, miłość, którą się darzyły, pomoże im przez wszystko przejść.

W następnych dniach życie Theresy stało się wirem zajęć. Ledwie znajdowała chwilę, by tęsknić za Richardem, zajęta przygotowaniami do ich szybko zbliżającego się ślubu. Pewnego ranka jej determinacja zaprowadziła ją pod drzwi miejscowej krawcowej w towarzystwie Clary, Anny i Elizy.

— Dzień dobry, pani Brown — przywitała się Theresa z życzliwą krawcową, wchodząc do małego, ale uroczego sklepiku. Mieszanina tkanin w różnych odcieniach i wzorach zdobiła ściany, tworząc przytulną atmosferę, którą Theresa uznała za kojącą.

— Ach, panna Wilkes! — zawołała pani Brown z ciepłym uśmiechem. — Czym mogę dziś służyć pani i młodym damom? — Chętny wyraz twarzy kobiety mówił

Theresie, że była już doskonale świadoma zbliżającej się daty ślubu.

Theresa nie mogła się nie uśmiechnąć na widok podekscytowanych min dziewczynek. — Jesteśmy tu, aby uszyć nowe sukienki na nadchodzący ślub — wyjaśniła, a na jej policzki wystąpił rumieniec na samą myśl. — Po jednej dla każdej z nas, poproszę. I czy byłoby możliwe uszycie po jednej także dla Molly Tate i Helen Milnes? To moje drogie przyjaciółki.

— Oczywiście, moja droga — odparła pani Brown, krzątając się po sklepie i zbierając materiały. — A teraz zobaczmy, co możemy dla was wszystkich znaleźć.

Gdy krawcowa pracowała, Theresa wymieniła spojrzenia z dziewczynkami, a jej serce przepełniała czułość do nich. Wspólne podekscytowanie było wyczuwalne, a ona była pewna, że te chwile staną się cennymi wspomnieniami w nadchodzących latach.

— Panno Thereso — szepnęła Anna, pociągając ją za rękaw — myślę, że ta wyglądałaby na tobie ślicznie. — Pokazała jej belę miękkiej, liliowej tkaniny, a jej oczy błyszczały.

— Dziękuję ci, Anno — odparła Theresa, poruszona troską dziewczynki. — To piękny wybór, ale myślę, że może być bardzo drogi... to jedwab.

— Co do tego, panno Wilkes — przerwała pani Brown — sir Richard wpadł do mojego sklepu przed wyjazdem. Wpłacił zaliczkę na uszycie sukien dla pani i dziewczynek na ślub, co, mogę panią zapewnić, z nawiązką pokryje koszt uszycia sukni z tego jedwabiu.

— Och. — Theresa już miała odłożyć belę jedwabiu z powrotem na półkę, ale teraz zawahała się i spojrzała na nią. — Jest naprawdę urocza.

— A spójrz, co tu mam. — Pani Brown uśmiechnęła się promiennie, wyciągając belę kwiecistego muślinu z wyhaftowanymi na nim maleńkimi kwiatuszkami w dokładnie tym samym liliowym kolorze. — Mogłybyśmy uszyć z tego sukienki dla waszej trójki i będziecie pasować do waszej nowej mamy, co wy na to?

Wszystkie trzy dziewczynki klasnęły w dłonie i podskoczyły, a ich twarze jaśniały.

— Zgoda — przytaknęła Theresa ze śmiechem. — Mam nadzieję, że ma pani jakieś wstążki w podobnym kolorze, żeby wpleść im we włosy?

— Jestem pewna, że coś znajdziemy, panno Wilkes! A teraz zbierzmy z was wszystkich miarę, żebyśmy mogły zabrać się do szycia.

Gdy do ślubu pozostało już tylko kilka dni, Theresa układała w rezydencji kwiaty, kiedy poczuła w powietrzu coś gryzącego. Marszcząc czoło, wyjrzała przez okno i zobaczyła słup dymu unoszący się od strony stodoły, w której przechowywano siano na zimę dla koni.

— Pożar! — krzyknęła, a jej serce waliło, gdy pędziła w stronę drzwi. Panika przepłynęła przez jej żyły, gdy pomyślała o potencjalnym zniszczeniu, które ich czekało.

— Thereso, co się dzieje? — zapytała Clara, a jej głos drżał ze strachu.

— Zostańcie w środku, dziewczynki — poleciła Theresa, jej głos był stanowczy mimo przerażenia. — Muszę iść i zobaczyć, co da się zrobić. — Popędziła w stronę stodoły, a jej umysł galopował ze strachu o cenne istnienia, które od niej zależały. Płomienie już objęły strzechę stodoły, a Theresa z przerażeniem zdała sobie sprawę, że sąsiednia mała stajnia, w której trzymano kucyki dziewczynek, prawdopodobnie też zajmie się ogniem.

— Panno Thereso! — Dotarł do niej przerażony krzyk Elizy, gdy dziewczynka wypadła z rezydencji, otoczona przez Clarę i Annę, z oczami szerokimi z przerażenia.

— Dziewczynki, cofnijcie się! — rozkazała Theresa, a jej głos był napięty, gdy jej wzrok przeskakiwał między dziećmi a zbliżającymi się płomieniami.

— Mam je! — zawołała Helen, wybiegając i przytulając dziewczynki do siebie, powstrzymując je przed podążaniem za Theresą. — Nie, Molly, zostań ze mną – pomóż mi je utrzymać!

Pewna, że Helen zapewni dziewczynkom bezpieczeństwo, Theresa zebrała się w sobie i zbliżyła do stajni, gdzie trzymano kucyki, a żar stawał się coraz bardziej intensywny z każdym krokiem. Ogień już zaczął lizać drewniane ściany i wiedziała, że niedługo stajnia stanie w płomieniach.

— Dalej, moje kochane — szepnęła, krztusząc się gryzącym dymem, gdy otworzyła na oścież drzwi stajni i wpadła do środka. Spanikowane rżenie uwięzionych kucyków przeszyło powietrze, popychając ją do przodu.

— Spokojnie, spokojnie — mruczała, próbując je uspokoić, gdy szamotała się z zasuwą pierwszego boksu. Gdy tylko udało jej się uwolnić jednego kucyka, przeszła do następnego, a jej serce waliło w piersi.

— Panie, proszę, chroń je — modliła się w duchu, a łzy spływały po jej ubrudzonej dymem twarzy, gdy ogień huczał coraz bliżej.

Wracając wreszcie do domu po nudnych trzech tygodniach spędzonych w Sandhurst, Richard nie mógł się doczekać tego, co go czekało: ciepła domu, z ukochanymi twarzami Theresy i jego córek, będącymi balsamem dla jego zmęczonego serca.

— Już niedługo — mruknął do swojego konia, który wyczuł zapach domu i próbował przyspieszyć. — Spokojnie, chłopcze, nie męcz się teraz. Już prawie jesteśmy.

Gdy wjechał na ostatnie wzgórze, Richardowi zaparło dech w piersiach na widok, który go powitał. Czerwona łuna malowała horyzont, a ciemne smugi dymu wplatały się w pogłębiający się zmierzch. Ogarnęła go panika, więc wbił pięty w boki konia, pędząc galopem w stronę Belle Haven.

Gdy się zbliżył, chaos stał się oczywisty. Łańcuch ludzi złożony ze stajennych i służby domowej pracował niestrudzenie, wylewając wiadro za wiadrem na głodne płomienie, które chciwie pożerały stodołę. Powietrze było gęste od gryzącego smrodu palonego siana, a oczy Richarda łzawiły od ataku na jego zmysły.

— Tato! — zawołała do niego Clara, a jej oczy były szerokie z przerażenia. Stała obok Helen, Molly i swoich sióstr; wszystkie były wyraźnie wstrząśnięte, ale bezpieczne i z dala od ognia. Ogarnęła go ulga, ale szybko zastąpił ją napływ paniki, gdy zdał sobie sprawę, że Theresy z nimi nie ma.

— Gdzie ona jest? — zażądał, a jego głos drżał ze strachu. — Gdzie jest Theresa?

— Tato — wydusiła z siebie Anna, a łzy spływały po jej twarzy — weszła do stajni, żeby uratować kucyki.

— Theresa kazała nam tu zostać z Helen i Molly — dodała Eliza, a jej małe rączki drżały, gdy ściskała spódnicę Helen.

Richard poczuł, jakby wyrwano mu serce z piersi. Wiedział, jak bardzo Theresa kochała konie, ale myśl, że ryzykuje dla nich życie, wywołała w nim fale przerażenia. Nie mógł znieść myśli o jej utracie — ani teraz, ani nigdy.

— Zostańcie tutaj — rozkazał, a jego głos łamał się z emocji. — Nie ruszajcie się z tego miejsca. — Rzucił wodze swojego konia Molly, ufając, że zaopiekuje się zwierzęciem.

Serce Richarda waliło mu w uszach, gdy pędził w stronę płonącej stajni, a żar i dym dusiły go z każdym ciężkim oddechem. Trzask płomieni i rozpaczliwe kwiki uwięzionych kucyków wypełniały powietrze, zagłuszając odgłosy desperackich prób ugaszenia pożaru przez ludzi z łańcucha wodnego. Modlił się, aby Theresa wyszła bez szwanku, ale z każdą upływającą sekundą jego nadzieja słabła.

— Theresa! — krzyknął, a jego głos był ochrypły od dymu. — Gdzie jesteś?

Jakby w odpowiedzi na jego prośbę, drzwi płonącej stajni nagle otworzyły się na oścież, i oto była ona — Theresa, jadąca na oklep, okrakiem na kudłatym małym Kaczorku, z podwiązanymi do kolan spódnicami i osmyloną, dymiącą grzywą. Za nią wygalopowały kucyki Anny i Clary, z oczami szerokimi z przerażenia.

— Richard! — wysapała, krztusząc się gryzącym powietrzem.

— Theresa! — Ulga przepłynęła przez niego jak rzeka, zmywając strach, który ściskał jego serce jak imadło. W tym momencie wiedział, że nigdy więcej nie pozwoli jej odejść.

Sięgnął po nią, niemal ściągając ją z drżącego kucyka. Ich usta spotkały się w gwałtownym, desperackim pocałunku, który zdawał się przekazywać całą miłość i tęsknotę, którą oboje tak długo skrywali. Gdy się od siebie oderwali, spojrzenie Richarda wwierciło się w jej wzrok, a jego niebieskie oczy płonęły emocjami.

— Thereso, co ty sobie myślałaś? — zażądał, a jego głos drżał od ledwo tłumionej złości. — Mogłaś zginąć! Jak mogłaś ryzykować życie dla tych koni?

W jej brązowych oczach błysnął cień buntu, mimo łez, które napłynęły, gdy krztusiła się dymem. — Nie mogłam po prostu stać bezczynnie, gdy były w pułapce — odpowiedziała, a jej głos drżał ze zmęczenia. — Musiałam coś zrobić.

— Do diabła, Thereso — warknął Richard, przyciągając ją blisko i zanurzając twarz w jej mysiobrązowych włosach. — Mogłaś umrzeć. Nie mogę znieść myśli o utracie ciebie.

— Richardzie — szepnęła, trzymając się go, jakby był jej kołem ratunkowym. — Tak mi przykro. Nie chciałam cię przestraszyć.

— Przestraszyć? — mruknął jej do ucha, a jego głos był gęsty od emocji. — Przeraziłaś mnie. Ale muszę przyznać... zrobiłbym to samo. Jesteś bratnią duszą, Thereso. Twoja miłość do tych zwierząt to jeden z wielu powodów, dla których się w tobie zakochałem.

— Naprawdę? — zapytała, odsuwając się, by spojrzeć mu w oczy, szukając prawdy w jego słowach.

— Thereso — powiedział, jego głos ochrypły od krzyku ponad szalejącymi płomieniami — nie wiem, co ja i moje córki byśmy bez ciebie zrobili. Stałaś się sercem Belle Haven.

Słowa spłynęły na nią jak balsam, kojąc poszarpane krawędzie jej strachu. Rozejrzała się, ogarniając wzrokiem scenę przed sobą: stajennych niestrudzenie pracujących nad ugaszeniem ognia; Helen, Molly i córki Richarda skulone razem, z twarzami ociekającymi łzami, ale pełnymi ulgi.

— Richardzie, ja... — zawahała się, nie wiedząc, jak wyrazić głębię wdzięczności za jego słowa, za jego miłość — i za rodzinę, którą razem stworzyli.

— Ciii — szepnął, przykładając palec do jej ust. — Będzie czas na rozmowę później. Teraz musimy się upewnić, że wszyscy są bezpieczni.

Theresa skinęła głową, rozumiejąc naglący ton w jego głosie. Gdy odwróciła się, by pomóc, jej myśli były wirem emocji. Prawdą było, że uratowała kucyki, ale czy Richard z kolei nie uratował jej? Przyjął ją, gdy nie miała dokąd pójść, zapewnił jej dom i dał poczucie przynależności, jakiego nigdy wcześniej nie znała.

— Richardzie — zawołała, gdy zaczął odchodzić, a jego wysoka postać górowała nad chaosem. Zatrzymał się, spoglądając na nią, a Theresa zobaczyła w jego oczach czułe oddanie.

— Obiecaj mi jedno — błagała, a jej głos drżał z emocji.

— Wszystko — odparł, a jego spojrzenie było pewne i niezachwiane.

— Obiecaj, że zawsze będziemy stawiać czoła tym wyzwaniom razem — jako rodzina.

Oczy Richarda złagodniały i pokonał odległość między nimi kilkoma długimi krokami. Pochylając się, przycisnął swoje usta do jej warg w delikatnej, a jednak gwałtownej obietnicy.

— Zawsze, moja miłości. Zawsze.

Rozdział jedenasty

— PRZYSZEDŁ LIST DO pani, Lady Bell.

Theresie zajęło kilka chwil, nim zrozumiała, że pokojówka zwraca się do niej. *Kiedy wreszcie przywyknę do tego, że nazywają mnie Lady Bell?*, zastanawiała się z rozpaczą, dziękując dziewczynie i przyjmując list. Uniosła brwi, kiedy go odwróciła i zobaczyła, że pochodzi od pani Hatton z sierocińca przy Duke Street. Richard napisał do pani Hatton, by poinformować ją o ich ślubie, ale Theresa nie spodziewała się żadnej odpowiedzi. Usiadłszy na fotelu przy kominku, złamała pieczęć i rozwinęła papier.

Droga Thereso — przeczytała — *zostałam niedawno poinformowana o Twoim ślubie z sir Richardem Bellem i muszę Ci złożyć najserdeczniejsze gratulacje. Cieszy mnie ogromnie wiadomość, że znalazłaś szczęście w tak kochającym domu.*

Usta Theresy wygięły się w czułym uśmiechu. Wspomnienie dnia ślubu sprzed trzech tygodni było wciąż świeże w jej pamięci. Clara, Anna i Eliza były zachwycone, że mogą uczestniczyć w każdym aspekcie uroczystości, a ich śmiech rozbrzmiewał niczym muzyka w korytarzach Belle Haven.

Dalej pani Hatton pisała: *Chcę również wyrazić moją wdzięczność za Twoją troskę i dobroć wobec Helen Milnes. Choć nasze drogi się rozeszły, pocieszająca jest świadomość, że więź między tymi, które niegdyś dzieliły mury naszego skromnego sierocińca, pozostaje silna.*

Theresa poczuła przypływ ciepła na wzmiankę o Helen, która rozkwitła w ciepłej, pełnej miłości atmosferze Belle Haven, nawet gdy jej brzuch powiększał się wraz z rosnącym dzieckiem. Posiadanie towarzyszki, której mogła się zwierzyć, rozpoczynając nowy rozdział w swoim życiu, było prawdziwą przyjemnością.

Dziękuję Ci za to, że jesteś świetlanym przykładem nadziei i wytrwałości dla tych, które pozostały przy Duke Street, dowodząc, że nawet najskromniejsze początki mogą prowadzić do życia wypełnionego miłością i radością. Twoja dobroć również dla Molly była wzorowa – przyznaję, że miałam trudności ze znalezieniem dla Molly odpowiedniego miejsca, ale otrzymałam od niej dwa listy, odkąd do Ciebie trafiła, i ewidentnie jest szczęśliwa.

To sprawiło, że Theresie zrobiło się jeszcze cieplej na sercu. Molly zajmowała w domu niekonwencjonalne stanowisko i sama stworzyła sobie rolę bardziej asystentki Richarda niż Theresy czy Helen. Zwykle można ją było znaleźć u jego boku przy koniach. Stawała się nieustraszoną amazonką, gotową pokonywać przeszkody, które przeraziłyby Theresę.

Jednak list na tym się nie kończył, a uśmiech zniknął z twarzy Theresy, gdy czytała dalej.

Piszę, by zapytać, czy Ty i sir Richard rozważylibyście udzielenie schronienia pewnej młodej kobiecie w potrzebie. Jest siostrą księcia Allanworth i niestety znalazła się w ciąży, nie będąc zamężną.

Serce Theresy ścisnęło się ze współczucia dla dziewczyny. Zbyt dobrze pamiętała rozpacz i strach, które ciężko wisiały w murach sierocińca, gdy któraś z dziewcząt znalazła się w podobnej sytuacji. Zdeterminowana, by pomóc, jeśli tylko będzie mogła, natychmiast poszukała Richarda.

Znalazła go w bibliotece, gdzie w powietrzu unosił się zapach oprawionych w skórę książek. Jego ciemne włosy były w nieładzie, a jasne, błękitne oczy błyszczały skupieniem, gdy studiował plany nowej kamiennej stajni, która miała zastąpić drewnianą, zniszczoną w pożarze. Podniósł wzrok, gdy weszła, a na jego twarzy pojawił się ciepły uśmiech.

— Thereso, co cię do mnie sprowadza? — zapytał, odkładając pracę.

— Richardzie, otrzymałam list od pani Hatton — odparła poważnym tonem. — Pyta, czy moglibyśmy przyjąć młodą kobietę, która jest... w rozpaczliwej sytuacji.

— W rozpaczliwej? Co masz na myśli?

— Jest szlachetnego rodu, ale znalazła się w ciąży poza-małżeńskiej — wyjaśniła Theresa, a jej oczy błagały go o zrozumienie.

Richard zmarszczył brwi i wziął od niej list, by samemu go przeczytać. Gdy to robił, Theresa uważnie obserwowała jego twarz, mając nadzieję dostrzec przebłysk współczucia. Był tam, pod troską – ta sama czułość, która ją do niego przyciągnęła. Wiedziała, że rozumie powagę sytuacji dziewczyny tak samo dobrze jak ona.

— Czy zechciałbyś jej pomóc, Richardzie? — zapytała cicho, splatając dłonie w cichej prośbie.

— Thereso, ja... — zawahał się, a jego spojrzenie szukało jej wzroku. — Martwię się o potencjalne konsekwencje udzielania schronienia komuś o takich koneksjach w takich okolicznościach. Helen... cóż, ona nie jest siostrą potężnego szlachcica.

— Proszę, Richardzie — błagała. — Nie możemy odwrócić się od kogoś w potrzebie. Nasz dom jest wystarczająco duży, by ukryć jeszcze jedną osobę, zwłaszcza tak bezbronną jak ta biedna dziewczyna.

Nastała długa chwila ciszy, podczas której Richard rozważał jej prośbę, nie spuszczając z niej wzroku. W końcu westchnął i skinął głową. — Dobrze — zgodził się łagodnym głosem. — Ze względu na ciebie, Thereso, przyjmiemy ją.

Patrzyła, jak Richard bierze arkusz pergaminu i zanurza pióro w kałamarzu. Jego ręka była pewna mimo powagi decyzji. Gdy pisał odpowiedź do pani Hatton, myśli Theresy zwróciły się ku przygotowaniom, które należało poczynić. Trzeba będzie przygotować pokój, a może także skonsultować się z lekarzem, biorąc pod uwagę delikatny stan ich gościa.

Tydzień później do Belle Haven, pod osłoną nocy, przybył powóz. Koła zazgrzytały na żwirowym podjeździe, zatrzymując się przed głównym wejściem. Theresa, z sercem walącym z przejęcia, podeszła, by przywitać tajemniczego gościa.

Drzwi powozu otworzyły się i wysiadła drobna postać, w welonie i płaszczu. Kiedy Lady Laura się pojawiła, Theresa nie mogła się powstrzymać od podziwu dla jej pięknych, jasnych włosów, które spływały na ramiona i delikatnej, porcelanowej skóry. Ale to, co najbardziej przykuło jej uwagę, to niebieskie oczy młodej kobiety, zaczerwienione od płaczu, odzwierciedlające głębię strachu, który sprawiał, że wyglądała na wystraszoną jak mysz.

— Witamy w Belle Haven — powiedziała cicho Theresa, starając się, by poczuła się swobodnie. Wyciągnęła rękę do Lady Laury, która zawahała się na chwilę, zanim przyjęła gest. — Będzie tu pani z nami bezpieczna.

— Dziękuję — mruknęła Lady Laura głosem ledwie głośniejszym od szeptu. Gdy mówiła, Theresa zauważyła pod płaszczem wypukłość jej brzucha, świadectwo tajemnicy, która sprowadziła ją do Belle Haven.

— Proszę wejść do środka — nalegała łagodnie Theresa, prowadząc młodą kobietę przez drzwi do ciepłego wnętrza rezydencji. Światło świec migotało na wypolerowanym drewnie i grubych dywanach, rzucając zapraszający blask na cały hol.

— Pani pokój jest już przygotowany — kontynuowała Theresa, prowadząc Lady Laurę po szerokich schodach.

— Mam nadzieję, że zapewni pani wszelką wygodę, jakiej będzie pani potrzebować podczas swojego pobytu.

Lady Laura odpowiedziała niewiele, jej zachowanie jasno pokazywało, że czuje się nieswojo w tej sytuacji. Mimo to Theresa nie mogła pozbyć się poczucia obowiązku wobec tej bezbronnej dziewczyny, zdeterminowana, by ofiarować jej schronienie w murach Belle Haven.

W miarę upływu dni Lady Laura zdawała się coraz bardziej zamykać w sobie, spędzając większość czasu zamknięta w swoim pokoju, niezdolna nawet do interakcji ze służbą. Theresa i Helen były jedynymi osobami, których widok zdawała się znosić. Serce Theresy bolało, widząc ją tak wycofaną, ale rozumiała, że młoda kobieta potrzebuje czasu, aby przyzwyczaić się do nowego otoczenia i realiów swojej sytuacji.

Z kominka bił ciepły blask, gdy Theresa niosła tacę z parującym jedzeniem do pokoju Lady Laury. Korytarz był mroczny, oświetlony jedynie migoczącymi świecami w kinkietach, rzucającymi na ściany tańczące cienie. Miała nadzieję, że obfity posiłek wywabi Lady Laurę z jej melancholii i zapoczątkuje rozmowę między nimi.

— Czy mogę wejść, Lady Lauro? — zawołała cicho Theresa, lekko pukając w drzwi.

— Oczywiście — nadeszła cicha odpowiedź, a Theresa weszła, stawiając tacę na małym stoliku przy oknie. Lady Laura siedziała w fotelu, otulona szalem, a jej piękne blond włosy opadały na blade ramiona.

— Gulasz wołowy i świeży chleb — powiedziała Theresa, starając się brzmieć radośnie. — Pomyślałam, że coś ciepłego może być pocieszające.

— Dziękuję — mruknęła Lady Laura, skubiąc jedzenie bez apetytu.

— Czy mogę coś jeszcze dla pani przynieść? Może trochę herbaty?

— Nie, to w zupełności wystarczy. — Lady Laura na chwilę podniosła wzrok, posyłając niewielki uśmiech, który nigdy nie dotarł do jej oczu.

Theresa usiadła na pustym krześle naprzeciwko niej, starając się wciągnąć ją w rozmowę. — Słyszałam dziś rano śpiew skowronka — zaczęła niepewnie. — Przypomniało mi to, jak bardzo uwielbiam słuchać śpiewu ptaków w takie rześkie poranki jak ten.

— Rzeczywiście — odparła Lady Laura, ale nie dodała nic więcej. Wydawała się wycofana, jej wzrok utkwiony był w ogniu trzaskającym na palenisku. W końcu Theresa się pożegnała. Pozostawienie Laury samej zdawało się być wszystkim, czego dziewczyna pragnęła.

W nocy, gdy dom był cichy i pogrążony w ciemności, Theresa leżała bezsennie w swoim łóżku, nasłuchując jakichkolwiek odgłosów z pokoju Lady Laury. Często słyszała cichy odgłos kroków i stłumione szlochy odbijające się echem w korytarzach, a każdy z nich przeszywał jej serce jak sztylet.

— Czy postępujemy słusznie? — powiedział cicho Richard do Theresy pewnego wieczoru, a jego czoło poorane było troską. — Wydaje się być w tak wielkiej rozpaczy i martwię się, że nasza obecność tylko dodaje jej ciężaru.

— Richardzie — odparła rezolutnie Theresa — musimy stać przy niej i pomóc jej przejść przez tę ciężką próbę.

Mimo jej powściągliwości, potrzebuje naszego wsparcia teraz bardziej niż kiedykolwiek.

— Dobrze — ustąpił Richard, a jego spojrzenie złagodniało. — Ufam twojemu osądowi, moja droga.

Zdeterminowana, by przebić się przez kruchą fasadę Lady Laury, Theresa poświęciła się opiece nad przyszłą matką, przynosząc jej ciepłe posiłki, świeżą pościel i wszystko inne, czego mogła potrzebować. Z czasem miała nadzieję, że jej niezachwiana dobroć dotrze do głębi serca Laury i pomoże uleczyć rany jej niespokojnej przeszłości.

— Może trochę świeżego powietrza dobrze by pani zrobiło — zasugerowała Theresa pewnego popołudnia, zastając Laurę wpatrującą się tęsknie przez okno w rozciągające się za nim pola. — Mogłabym oprowadzić panią po posiadłości, jeśli pani zechce.

— Nie chcę być ciężarem — odparła Laura z wahaniem, spuszczając wzrok.

— Proszę, to byłaby dla mnie przyjemność — nalegała Theresa, posyłając jej uspokajający uśmiech. — Poza tym, myślę, że nasze konie wydałyby się pani całkiem urocze. Wiadomo, że potrafią podnieść na duchu nawet najcięższe serca.

Na wzmiankę o koniach w oczach Laury pojawił się przebłysk zainteresowania i po raz pierwszy od swojego przybycia zdawała się rozważać możliwość wyjścia poza granice swojego pokoju.

— Dobrze — zgodziła się cicho, jej głos wciąż zabarwiony był niepewnością. — Może trochę świeżego powietrza dobrze by mi zrobiło.

— Doskonale — odparła Theresa, czując satysfakcję z tego małego zwycięstwa. — Na padoku jest łagodny, stary kucyk, którego, jak sądzę, polubiłaby pani poznać.

Laura skinęła głową z zapałem, a jej delikatna dłoń wyciągnęła się, by nieśmiało ująć dłoń Theresy, gdy szły ramię w ramię w stronę padoku. Gdy się zbliżały, ciche rżenie koni wypełniło powietrze, a towarzyszył mu szelest liści tańczących na wietrze.

— Oto on — oznajmiła Theresa z ciepłym uśmiechem, gdy dotarły do ogrodzenia, gdzie jabłkowity kucyk pasł się z zadowoleniem. — To pan Pippin; to prawdziwy dżentelmen. Był pierwszym kucykiem Clary, ale teraz jest już za stary, by nosić którąkolwiek z dziewcząt, więc Richard pozwolił mu odejść na spokojną emeryturę.

— Witaj, panie Pippin — powiedziała cicho Laura, jej głos był ledwie szeptem. Wyciągnęła niepewnie rękę, a jej palce drżały, gdy musnęły aksamitny nos kucyka.

— Chciałaby go pani nakarmić marchewką? — zasugerowała Theresa, wyciągając z kieszeni fartucha kilka połamanych kawałków. — Bardzo je lubi.

— Mogę? — zapytała Laura, a jej oczy rozszerzyły się z zachwytu. Gdy podała kucykowi kawałek marchewki, na jej twarzy pojawił się czarujący uśmiech, który zdawał się przeganiać cienie, które prześladowały ją od tygodni.

— Oczywiście — odparła Theresa, uradowana widokiem uśmiechu Laury. — Mogłaby pani też wyczesać mu sierść, jeśli pani zechce. Sama uważam to za całkiem terapeutyczne.

— Dziękuję, Thereso — szepnęła Laura, głaszcząc szorstką grzywę pana Pippina szczotką o miękkim włosiu. — Zapomniałam, jak bardzo kochałam konie.

— Tutaj, wśród zwierząt i na świeżym powietrzu, możemy na chwilę zapomnieć o naszych kłopotach — zamyśliła się Theresa, obserwując przemianę zachodzącą w Laurze. — Może mogłybyśmy uczynić z tego część naszej codziennej rutyny?

— Bardzo bym tego chciała — zgodziła się Laura, a jej głos nabrał siły.

Od tego dnia Theresa i Laura spędzały popołudnia razem na padoku, opiekując się końmi i pozwalając naturze działać uzdrawiająco na ich zmęczone dusze.

W tym czasie Helen urodziła piękną córeczkę, której nadała imię Louise po swojej matce. To radosne wydarzenie wniosło jeszcze więcej miłości i światła do Belle Haven, a przybrana rodzina z każdym dniem stawała się silniejsza.

Światło słoneczne przesączało się przez witraże, rzucając kalejdoskop kolorów na kościelne ławy. Trwały chrzciny małej Louise, a Theresa nie mogła powstrzymać uśmiechu dumy, patrząc, jak Helen kołysze w ramionach swoją nowo narodzoną córeczkę. Wikary, pan Fallon, stał przed nimi, a jego głos był łagodny i ciepły, gdy odprawiał święty obrzęd.

— Niech Bóg cię błogosławi i strzeże, maleńka — intonował, kropiąc czoło małej Louise wodą święconą.

Uwaga Theresy przeniosła się z ceremonii chrztu na sposób, w jaki oczy pana Fallona spoczęły na Helen. Jego spojrzenie zawierało niewątpliwą czułość, której Theresa wcześniej nie widziała. Jej serce zabiło szybciej na myśl, że miejscowy wikary może być całkiem zainteresowany jej drogą przyjaciółką.

— Zauważyłeś, jak pan Fallon patrzy na Helen? — szepnęła Theresa do Richarda, który stał obok niej.

Richard spojrzał w tamtą stronę, marszcząc czoło w zamyśleniu. — Teraz, gdy o tym wspominasz, w jego spojrzeniu rzeczywiście wydaje się być coś więcej niż zwykła uprzejmość. — Zwracając się do Theresy z pobłażliwym uśmiechem, zapytał: — Czy zajmujesz się teraz swataniem, moja miłości?

— Być może. — Theresa odwzajemniła uśmiech. — Helen zasługuje na szczęście po wszystkim, przez co przeszła, a wiemy, że pan Fallon to dobry człowiek. W końcu ani razu nie spojrzał krzywo na nasze córki, w przeciwieństwie do wielu innych.

Po ceremonii niewielkie zgromadzenie wróciło do Belle Haven, gdzie w salonie podano poczęstunek. Helen, tym razem jako gość honorowy, a nie pełniąca obowiązki gospodyni. Theresa wykorzystała okazję, by podejść do Helen, która pokazywała swoją drogocenną córeczkę niektórym gościom.

— Jest taka piękna — powiedziała Theresa, podziwiając rumiane niemowlę w białej sukience do chrztu, którą Theresa i Richard podarowali Helen w prezencie.

— Rzeczywiście, jestem za wszystko tak wdzięczna — odparła Helen, a jej oczy lśniły szczęściem.

— A skoro o tym mowa — zaczęła Theresa z wahaniem — zauważyłam, że pan Fallon wydawał się szczególnie zaangażowany podczas chrztu. Myślisz, że mógłby coś do ciebie czuć?

Policzki Helen oblały się rumieńcem i szybko odwróciła wzrok. — Och, nie wiem, co o tym myśleć. Zawsze był bardzo miły, ale nie wyobrażam sobie, żeby interesował się kimś takim jak ja.

— Kimś takim jak ty? — powtórzyła Theresa. — Jesteś wspaniałą kobietą, Helen. Zasługujesz na szczęście tak samo jak każdy inny.

— Ale co z moją przeszłością? Co z Louise? On jest wikarym, na pewno nie może przeoczyć takich rzeczy — martwiła się Helen, a jej oczy zasnuły się wątpliwościami.

— Pan Fallon nigdy nie był kimś, kto surowo ocenia innych, a na własne oczy widział miłość i troskę, jaką darzymy się nawzajem w Belle Haven — nalegała Theresa. — Doskonale zdaje sobie sprawę z naszej nietypowej sytuacji, a jednak pozostaje wspierający i wyrozumiały. Naprawdę wierzę, że ciebie też nie osądzi.

— Mimo to nie w porządku z mojej strony ukrywać przed nim prawdę — powiedziała Helen.

— Więc nie ukrywaj — nalegała Theresa. — Powiedz mu wszystko i pozwól mu samemu podjąć decyzję. Zaufaj, że jeśli mu na tobie zależy, zaakceptuje cię taką, jaka jesteś.

Helen zawahała się na chwilę, po czym spojrzała na małą Louise śpiącą spokojnie w jej ramionach. Z głębokim oddechem podniosła głowę i spojrzała w oczy Theresy z determinacją.

— Dobrze. Powiem mu — zgodziła się, jej głos był pewny. — Dla mojego dobra i dla dobra Louise.

— Dobrze — powiedziała Theresa, ściskając uspokajająco dłoń przyjaciółki. — Pamiętaj, jesteśmy tu dla ciebie, bez względu na wszystko.

Kilka dni po chrzcinach, gdy Theresa układała kwiaty, usłyszała delikatne pukanie do drzwi salonu. Jej serce wezbrało nadzieją, gdy odwróciła się i zobaczyła stojącą tam Helen z twarzą rozpromienioną szczęściem.

— Thereso, mam wspaniałe wieści! — wykrzyknęła Helen, wchodząc do pokoju, a jej oczy lśniły radosnymi łzami. — Powiedziałam panu Fallonowi wszystko, a on chce się ze mną ożenić!

— Naprawdę? — zapytała Theresa, a ulga była wyraźnie słyszalna w jej głosie, gdy objęła przyjaciółkę. — Och, Helen, tak się cieszę waszym szczęściem!

— Dziękuję — mruknęła Helen, jej policzki zarumieniły się z emocji. — Twoje wsparcie znaczyło dla mnie wszystko.

Gdy tak stały, ogrzewając się ciepłem swojej przyjaźni, Theresa nie mogła powstrzymać się od myślenia o zmianach, które wkrótce miały nadejść w Belle Haven. W obliczu zbliżającego się małżeństwa Helen i zaawansowanego wieku pani Babcock, obowiązki spoczywające na jej barkach miały być naprawdę ciężkie.

— Poczekaj tutaj — powiedziała nagle Theresa, odsuwając się od Helen. Pospieszyła do swojego biurka i wyjęła arkusz pergaminu oraz pióro. — Myślę, że nadszedł czas, by napisać ponownie do pani Hatton.

— Po co? — zapytała z ciekawością Helen, obserwując, jak Theresa zanurza pióro w kałamarzu i zaczyna pisać.

— Chociaż będę za tobą bardzo tęsknić, moja droga przyjaciółko, twoje szczęście jest najważniejsze — wyjaśniła Theresa, pisząc krótką notatkę. — Ponieważ pani Babcock nie jest już w stanie sama zarządzać wszystkimi obowiązkami gospodyni, a ja jestem naprawdę zbyt zajęta jako pani domu, by być odpowiednią guwernantką dla dziewcząt, proszę panią Hatton o przysłanie nam nowych kandydatek na oba stanowiska.

— Myślę, że to bardzo dobry pomysł — zgodziła się Helen. — Już i tak robisz za dużo, a Molly spędza więcej czasu w stajni niż w domu. Pani Hatton na pewno będzie wiedziała, kogo przysłać, jestem pewna.

Z uśmiechem Theresa skończyła list i osuszyła atrament. Złożywszy pergamin, zapieczętowała go odrobiną wosku i podała Helen. — Czy byłabyś tak miła i poprosiła jednego z lokajów, żeby zaniósł to dla mnie na pocztę?

— Oczywiście — odparła Helen, biorąc list z wyciągniętej dłoni Theresy.

Patrząc, jak jej przyjaciółka opuszcza salon, Theresa nie mogła powstrzymać się od uczucia zarówno ekscytacji, jak i niepokoju na myśl o tym, co ją czeka. Z miłością kwitnącą w nieoczekiwanych miejscach i nowymi wyzwaniami na horyzoncie, przyszłość była niepewna – ale jedno było jasne: cokolwiek się wydarzy, zmierzą się z tym razem, związane więzami przyjaźni i uczucia, które rozwinęły się w murach Belle Haven.

Rozdział dwunasty

, jak łagodny wietrzyk szeleścił liśćmi starego dębu. Zaczynały się pojawiać pierwsze oznaki jesieni, a na jej ustach błąkał się drobny uśmiech, w oczach odbijając ciepłe barwy malujące krajobraz. Z powrotem przeniosła uwagę na lady Laurę, która siedziała cicho w kącie przy kominku z delikatnym szalem zarzuconym na ramiona.

— Chciałabyś trochę herbaty, Lauro? — zapytała łagodnie Theresa, a jej oczy pełne były troski o młodą kobietę, która od kilku tygodni znajdowała się pod jej opieką. W miarę postępu ciąży, zdrowie Laury zdawało się poprawiać krok po kroku dzięki troskliwej opiece Theresy, choć jej duch wciąż był przygnębiony.

— Dziękuję, Thereso — odparła cicho Laura, posyłając jej nieśmiały uśmiech. — Myślę, że chętnie się napiję.

Theresa zajęła się przygotowaniem tacy, obładowanej pachnącym dzbankiem herbaty, porcelanowymi filiżankami i talerzem świeżo upieczonych herbatników. Przyniosła ją do Laury, stawiając na stoliczku obok niej.

— Proszę — powiedziała ciepło Theresa, nalewając parujący płyn do filiżanki i podając ją Laurze.

— Dziękuję — mruknęła Laura, obejmując filiżankę dłońmi i wdychając pocieszający aromat. Krótki przebłysk zadowolenia przemknął po jej twarzy, po czym zniknął, zastąpiony ponownie przez chmurę melancholii.

Theresa zawahała się; wyciągnęła rękę, by dotknąć ramienia Laury, ale cofnęła ją. Pragnęła ofiarować pocieszenie, lecz nie była pewna, jak przebić się przez mur smutku, który zdawał się ją otaczać. — Lauro — zaczęła niepewnie — czy jest coś jeszcze, co mogłabym zrobić, żeby ci pomóc? Może spacer na zewnątrz poprawiłby ci nastrój?

Laura rozważyła sugestię, jej spojrzenie powędrowało w stronę okna i barwnego spektaklu natury za nim. — Być może — zgodziła się ledwo słyszalnym głosem. — Słońce na twarzy mogłoby być przyjemne.

— W takim razie chodźmy — powiedziała Theresa, posyłając jej zachęcający uśmiech. — Świeże powietrze dobrze nam obu zrobi.

Gdy szły pod ramię przez ogrody, Theresa nie mogła przestać myśleć o tym, jak ich losy splotły się w ciągu ostatnich kilku tygodni. Ktoś, kogo nigdy wcześniej nie spotkała, stał się teraz integralną częścią jej życia i z każdym mijającym dniem Theresa czuła się coraz bardziej przywiązana do młodej kobiety, która dźwigała tak wielki ciężar na swoich delikatnych barkach. Wiedziała, że droga lady Laury jest daleka od łatwej, ale Theresa była zdeterminowana, by zrobić wszystko, co w jej mocy, aby pomóc jej odnaleźć odrobinę spokoju i szczęścia pośród prób.

— Thereso? — zapytała nagle Laura, jej głos ledwo słyszalny ponad szelestem liści i odległym świergotem ptaków.

— Tak? — odpowiedziała Theresa, marszcząc czoło z troską, gdy spojrzała na młodą kobietę u swego boku.

— Dziękuję — szepnęła Laura, a jej oczy lśniły od nieuronionych łez. — Za wszystko.

— Oczywiście, Lauro — odparła Theresa, delikatnie ściskając jej dłoń. — Pamiętaj, jesteśmy w tym razem.

— Czy mogę ci się z czegoś zwierzyć?

— Oczywiście — odpowiedziała łagodnie Theresa.

Laura wzięła głęboki oddech, jej oczy na chwilę uciekły w bok, po czym wróciły, by spotkać się ze stałym spojrzeniem Theresy. — Ja... Zakochałam się w mężczyźnie, który okazał się hulaką. — Jej głos drżał, w każdym słowie słychać było bezbronność. — Był już żonaty, ale dowiedziałam się o tym, gdy było już za późno.

— Droga Lauro — mruknęła Theresa, ściskając jej dłoń ze współczuciem. — Nie możesz winić się za jego oszustwo.

— Dziękuję ci, Thereso — szepnęła Laura. — Mój brat próbował znaleźć kogoś, kto zechciałby mnie poślubić, ale wtedy moja ciąża zaczęła być widoczna. Nie mogliśmy ryzykować – ktoś by się wygadał, a skandal mógłby zniszczyć moją rodzinę.

— Twój brat to dobry człowiek, próbuje cię chronić, jak tylko potrafi — powiedziała cicho Theresa, a serce bolało ją na myśl o dziewczynie u jej boku.

— W istocie — zgodziła się Laura, a łzy zalśniły w jej oczach. — Zasugerował, żebym wyjechała gdzieś, gdzie nikt mnie nie zna, i urodziła dziecko w tajemnicy. A może za rok lub dwa poszukalibyśmy dla mnie odpowiedniego kandydata na męża.

— Twój brat robi wszystko, co w jego mocy, by zapewnić ci szczęśliwą przyszłość — uspokoiła ją Theresa. — I obiecuję ci, że będę u twojego boku, pomagając ci przejść przez ten trudny czas.

— Dziękuję, Thereso — szepnęła Laura, a wdzięczność w jej oczach była niemal namacalna, gdy wtuliła się w objęcia, które ofiarowała jej Theresa. Spacerowały razem po ogrodzie jeszcze przez chwilę, a Laura wyraźnie czerpała siłę ze wspierającej obecności Theresy.

— Obiecaj mi jedno, Lauro — powiedziała Theresa, przerywając ciszę, która zapadła między nimi. — Obiecaj, że nie pozwolisz sobie uwierzyć, że nie jesteś godna miłości ani szczęścia z powodu tego, co się stało.

— Thereso, ja... — Głos Laury się załamał, a łzy groziły, że popłyną.

— Obiecaj mi — powtórzyła stanowczo Theresa, wpatrując się w oczy Laury.

— Obiecuję — szepnęła Laura, a słowa wyszły z jej ust drżące, lecz stanowcze.

— Dobrze. A teraz, co powiesz na to, żebyśmy usiadły na chwilę na tej ławce? Jest tak pięknie w słońcu.

Laura skinęła głową na znak zgody i obie usiadły w ogrodzie, by cieszyć się ciepłym słońcem.

W powietrzu unosił się zapach róż, a dochodzący z oddali śmiech Richarda i ich córek, którym Richard dawał lekcję skoków na kucykach, wywołał mały uśmiech na ustach Laury.

— Thereso — zaczęła z wahaniem Laura, jej głos ledwo słyszalny ponad szeptem wiatru szeleszczącego w liściach — wiem, że powinnam być wdzięczna za możliwość rozpoczęcia od nowa, gdy moje dziecko się urodzi, ale myśl o oddaniu mojego dziecka... sprawia, że jestem niewiarygodnie smutna.

Theresa sięgnęła i położyła pocieszająco dłoń na ramieniu Laury. — To całkowicie naturalne, Lauro. Jesteś matką tego dziecka, a twoja miłość do niego jest równie silna i prawdziwa jak miłość każdej innej matki.

Oczy Laury zalśniły nieuronionymi łzami, gdy obserwowała Richarda, nieskończenie cierpliwego, gdy Eliza ponaglała kaczuszkę w stronę maleńkiej przeszkody. — Patrząc na ciebie i Richarda z waszymi dziewczynkami, na to, jak kochający dom dla nich zbudowaliście... to daje mi nadzieję, że być może moje dziecko też może mieć szczęśliwą przyszłość.

Theresa obserwowała bawiącego się męża i córki, a jej serce przepełniało ciepło i czułość. Pomyślała o życiu, od którego mała Louise została uratowana w sierocińcu, i o ponurej egzystencji, która czekała dziecko Laury, jeśli nie zainterweniują. Nagle zrodziło się w niej silne postanowienie i wiedziała, co należy zrobić.

— Lauro, porozmawiam z Richardem — powiedziała stanowczo. — Mamy w sercach miejsce dla wielu kolejnych dzieci, a on z pewnością już udowodnił swoją gotowość do bycia ojcem dla dzieci, które nie są jego własnymi. Czy pozwoliłabyś nam adoptować swoje dziecko?

— Och, Thereso — szepnęła Laura, jej głos zgęstniał od emocji. — Nie potrafię wyrazić, jak wiele to dla mnie znaczy. Ale ty i Richard nie jesteście długo po ślubie! Z pewnością pewnego dnia będziecie mieli własne dzieci.

— A jeśli tak, będziemy je kochać i traktować nie bardziej ani nie mniej przychylnie niż dzieci, które już mamy — zapewniła ją Theresa, całkiem pewna, że Richard będzie czuł to samo. — Twoje dziecko będzie tutaj, w Belle Haven, bezpieczne i kochane, tak samo jak Clara, Anna i Eliza, obiecuję ci.

Laura zaskoczyła Theresę, rzucając jej się na szyję i zaczynając szlochać na jej ramieniu. — Och, dziękuję. Dziękuję! I może... może mogłabym kiedyś je odwiedzić?

— Byłabyś mile widziana — powiedziała Theresa, rozumiejąc, że Laura nie mogła znieść myśli o tym, że nigdy więcej nie zobaczy swojego dziecka. Być może względy praktyczne i strach przed zdemaskowaniem położą kres temu planowi, ale Theresa nigdy nie oddzieliłaby Laury od jej dziecka. — Zawsze.

Nad Belle Haven zapadła burzliwa noc, jej porywisty wiatr szarpał okiennicami, a krople deszczu bębniły o szyby. Theresa leżała w łóżku, a rytmiczny odgłos burzy i ciche chrapanie Richarda u jej boku kołysały ją do niespokojnego snu. Ze snu wyrwało ją gorączkowe pukanie do drzwi jej komnaty.

— Pani Bell! Lady Laura zaczęła rodzić! — zawołała jedna ze służących, jej głos ledwo słyszalny ponad kakofonią burzy.

Fala adrenaliny przepłynęła przez Theresę, gdy zerwała się z łóżka i pospiesznie narzuciła szlafrok.

— Co się dzieje? — wymamrotał sennie Richard, podnosząc głowę.

— Śpij dalej. — Wiedziała, że miał długi dzień, ujeżdżając trudnego młodego ogierka. — Zajmę się tym.

Związując włosy w pospieszny kok, popędziła do pokoju Laury. Pomieszczenie było słabo oświetlone migoczącymi świecami, rzucającymi na ściany upiorne cienie.

— Proszę, Thereso, pomóż mi — szlochała Laura, gdy kolejny skurcz chwycił jej ciało, a twarz wykrzywił ból. — To za wcześnie!

— Oczywiście, kochanie — powiedziała delikatnie Theresa, biorąc dłoń Laury i ściskając ją uspokajająco. — Przejdziemy przez to razem.

Jej myśli pędziły w niepokoju o Laurę i jej dziecko, wiedząc, że poród miał nastąpić dopiero za miesiąc lub dłużej, ale zmusiła się do opanowania, zdeterminowana, by być silną dla swojej przyjaciółki. Gdy Laura znów krzyknęła, Theresa otarła jej czoło chłodną szmatką i mruknęła kojące słowa. Spojrzała na Molly, która stała w kącie, łamiąc ręce.

— Molly — zawołała Theresa stanowczym głosem — sprowadź natychmiast miejscową akuszerkę. Powiedz jej, że lady Laura zaczęła rodzić.

— T-tak, Thereso — wyjąkała Molly z oczami szeroko otwartymi ze strachu. Wypadła z pokoju, a jej kroki odbiły się echem w korytarzu.

Czekając, Theresa nadal pocieszała Laurę, pamiętając o sile i miłości, które doprowadziły je wszystkie do tego momentu. Skupiła się na więzi, którą stworzyły, mając nadzieję, że to pomoże jej opanować się w obliczu wyzwań tej nocy.

— Richard i ja będziemy tu dla ciebie i twojego dziecka, Lauro — szepnęła Theresa, jej głos lekko drżał. — Obiecuję.

Laura zdołała posłać słaby uśmiech pośród bólu, a jej oczy lśniły wdzięcznością. — Dziękuję, Thereso. Świadomość tego przynosi mi więcej pocieszenia, niż możesz sobie wyobrazić.

Gdy burza nadal uderzała w okna, Theresa siedziała u boku Laury, a jej własne serce bolało przy każdym krzyku bólu, który wydobywał się z ust jej przyjaciółki. Nigdy nie czuła się tak bezradna i tak desperacko potrzebująca pomocy, modląc się o rychłe przybycie akuszerki.

Pukanie do drzwi wyrwało Theresę z zamyślenia. Podniosła wzrok i zobaczyła Helen stojącą w progu, z troską malującą się na jej ślicznych rysach. Włosy miała spięte w prosty kok, a w oczach lśniła jej troska.

— Molly zatrzymała się na plebanii, żeby zapytać, czy wiemy, gdzie można znaleźć akuszerkę, i opowiedziała mi o Laurze. Czy mogę w czymś pomóc? — zapytała Helen, jej głos był opanowany mimo pilności sytuacji.

— Dzięki Bogu, że jesteś — odetchnęła Theresa, a ulga zalała ją falą. Helen urodziła zaledwie kilka miesięcy wcześniej i znacznie lepiej od Theresy wiedziała, co robić. Jeśli akuszerka szybko nie przybędzie, Helen mogła być jedyną pomocą, jaką Laura otrzyma.

Helen szybko dołączyła do Theresy przy łóżku Laury, oferując słowa pocieszenia i zachęty, gdy pracowały razem, by wesprzeć przyjaciółkę w potrzebie.

— Thereso, Helen... nie wiem, czy dam radę — szlochała Laura między skurczami, jej głos był napięty i słaby.

— Masz naszą miłość i siłę, Lauro — uspokoiła ją Helen, delikatnie chwytając jej dłoń. — Skup się tylko na oddychaniu i zaufaj nam, że cię przez to przeprowadzimy.

Akuszerka w końcu przybyła z twarzą zarumienioną od pośpiechu w drodze przez burzę. Natychmiast przejęła kontrolę nad sytuacją, badając Laurę i wydając polecenia zebranym pomocnicom.

— Przygotujcie gorącą wodę i czystą bieliznę — poleciła spokojnym i autorytatywnym głosem. — Poród rzeczywiście jest bliski.

— Dziękuję, że przybyła pani tak szybko — powiedziała Theresa głosem pełnym wdzięczności.

— Oczywiście, kochanie — odpowiedziała akuszerka z ciepłym uśmiechem. — A teraz pomóżmy temu maleństwu przyjść na świat.

Laura, z twarzą wykrzywioną bólem i determinacją, ścisnęła dłoń Theresy z siłą, która przeczyła jej kruchej posturze. Krople potu zebrały się na jej czole, a Theresa delikatnie je otarła, szepcząc przyjaciółce słowa otuchy i pocieszenia.

— Już prawie, Lauro — mruknęła Theresa, a serce bolało ją, gdy była świadkiem ogromnego wysiłku, jakiego wymagało od młodej kobiety wydanie dziecka na świat. — Idzie ci wspaniale.

Laura wydała z siebie gardłowy krzyk, a jej ciało zadrżało od siły skurczu. Akuszerka, tęga, niewzruszona kobieta, która widziała kto wie ile porodów, skinęła głową z aprobatą.

— Dobra robota, moja droga — powiedziała, jej głos był opanowany i kojący. — Jeszcze jedno parcie powinno wystarczyć.

Zbierając resztki sił, Laura odrzuciła głowę do tyłu i krzyknęła, a jej głos zmieszał się z wyciem wiatru na zewnątrz. A potem, jakby w odpowiedzi na jej wołanie, do kakofonii dołączył nowy dźwięk – donośny płacz noworodka.

— Gratulacje, proszę pani — oznajmiła akuszerka, a jej oczy lśniły z dumy, gdy podała wrzeszczące niemowlę Theresie. — To dziewczynka.

Theresa spojrzała w dół na maleńkie, czerwone na twarzy stworzenie w swoich ramionach, a jej serce wezbrało miłością i zdumieniem. — Jest piękna — szepnęła, a łzy napłynęły jej do oczu. — Lauro, udało ci się.

Zanim jednak zdążyła kontynuować, kolejny krzyk lady Laury zmroził ją do szpiku kości. Szok i przerażenie malowały się na rysach jej przyjaciółki, gdy chwyciła się za nabrzmiały brzuch, a jej oddech stał się urywany i gwałtowny.

— Coś jest nie tak — wysapała, jej oczy były dzikie ze strachu. — Jest jeszcze jedno... czuję to!

— Jeszcze jedno? — powtórzyła Theresa, a jej umysł wirował, gdy akuszerka pospieszyła z powrotem do Laury.

— Uspokój się, kochanie — poleciła akuszerka, a w jej głosie pobrzmiewała nuta pośpiechu. — Czasami tak się zdarza. Musimy być przygotowane na wszystko, co nas spotka.

— Thereso — wtrąciła Helen, jej własne oczy były szeroko otwarte z niepokoju — daj mi dziecko i idź trzymać Laurę za rękę. Potrzebuje cię teraz bardziej niż kiedykolwiek.

Podając nowo narodzoną dziewczynkę Helen, Theresa nie mogła przestać się martwić nieoczekiwanym obrotem spraw. Jej myśli pędziły, zastanawiając się, jak zdołają zaopiekować się dwójką niemowląt, skoro ledwo były przygotowane na jedno.

— Skup się, Thereso — powiedziała sobie surowo, ponownie biorąc drżącą dłoń Laury w swoje. — Jeden cud na raz.

Z zaciśniętymi zębami i dziką determinacją w oczach, Laura przebrnęła przez ból kolejnego skurczu, z przyjaciółkami u boku, ofiarowującymi jej swoje niezachwiane wsparcie. Burza na zewnątrz, choć wciąż szalejąca, zdawała się blednąć w porównaniu z nawałnicą w tym pokoju, gdy drugie dziecko torowało sobie drogę na świat.

— Przyj, Lauro — ponaglała akuszerka, z rękami gotowymi na przyjęcie drugiego dziecka. — Jeszcze troszeczkę, moja droga.

Twarz Laury wykrzywiła się z bólu, ale ostatnim, agonalnym krzykiem wydała na świat drugą córeczkę. Płacz noworodka dołączył do płaczu siostry, wypełniając pokój dźwiękiem nowego życia.

— Dwie piękne dziewczynki — wyszeptała Theresa, a łzy ulgi i szczęścia lśniły w jej oczach. Ale gdy spojrzała na Laurę, serce ścisnęło jej się w nagłym lęku. Cera młodej kobiety stała się upiornie blada, jej niegdyś żywe niebieskie oczy były teraz szkliste i bez wyrazu. Jej oddechy stały się słabe i ciężkie, ledwo słyszalne ponad szalejącą na zewnątrz burzą i płaczem jej nowo narodzonych córek.

— Thereso... — mruknęła Laura głosem ledwie przypominającym szept. Spojrzała na przyjaciółkę błagalnie, jej dłoń słabo sięgnęła ku dłoni Theresy.

— Ćśś, nie mów — szepnęła w odpowiedzi Theresa, mocno ściskając dłoń Laury. — Oszczędzaj siły. Tak dobrze sobie poradziłaś, Lauro.

— Proszę... zaopiekuj się nimi — błagała Laura, jej spojrzenie mignęło w stronę niemowląt wtulonych w ramiona Helen. — J-ja chyba nie dam rady...

— Oczywiście, Lauro — zapewniła ją Theresa, starając się ukryć własny strach za pocieszającym uśmiechem. — Będą ze mną bezpieczne, obiecuję. Ale ty też tu dla nich będziesz; teraz musisz po prostu odpocząć.

Nawet gdy wypowiadała te słowa, serce Theresy bolało ze strachu, że kruche ciało Laury zostało doprowadzone do granic wytrzymałości przez trudny, bliźniaczy poród. W miarę upływu minut, oddech Laury stawał się coraz płytszy, a jej uścisk na dłoni Theresy słabł. Akuszerka spojrzała w oczy Theresy, powoli kręcąc głową.

— Zostań z nami — błagała w myślach Theresa, a łzy spływały po jej policzkach, gdy patrzyła, jak jej przyjaciółka odchodzi.

Ale mimo żarliwych modlitw Theresy, Laura wzięła ostatni, słaby oddech, po czym znieruchomiała, a jej dłoń bezwładnie opadła w uścisku Theresy.

— Spoczywaj w pokoju, droga przyjaciółko — szepnęła Theresa, delikatnie zamykając oczy Laury drżącymi palcami. — Obiecuję zaopiekować się twoimi cennymi córeczkami, jakby były moimi własnymi.

Gdy ciężar obietnicy spoczął na jej barkach, Theresa przeniosła wzrok na dwoje noworodków. Ich płacz przeszywał powietrze, jakby wołały matkę, której nigdy nie poznają.

— Wasza mama bardzo was kochała — powiedziała im, a jej oczy wypełniły się nieuronionymi łzami. — Ale nie martwcie się, damy wam kochający dom i rodzinę.

— Zatrzymasz je? — zapytała cicho Helen.

— Obiecałam Laurze — odparła Theresa. — Richard się zgodził; mamy w sercach miejsce dla kolejnego dziecka.

Dwóch kolejnych. — Uśmiechnęła się krzywo. — Dziesięciu więcej; to nie ma znaczenia, powiedział.

— Będziesz potrzebowała mamki, ale mogę przynajmniej dać im pierwszy posiłek. — Helen wzięła jedno z dzieci na kolana i rozpięła przód sukni. — Dziękuję, że nie wysłałaś ich na Duke Street — powiedziała cicho, gdy dziecko przyssało się do jej piersi i zaczęło łapczywie ssać.

— Nie mogłabym ich tam wysłać, tak jak ty nie mogłabyś wysłać Louise. — Dziecko, które Theresa wciąż trzymała, zasnęło; delikatnym palcem pogładziła krągłość maleńkiego, różowego policzka.

— Bliźniaczki? — Zachrypnięty od snu głos Richarda w drzwiach sprawił, że podniosła wzrok. — Laura... — spojrzał na nieruchomą postać na łóżku, z prześcieradłem naciągniętym tak, by zakryć jej twarz. — Och, Thereso. Tak mi przykro.

Łza spłynęła po policzku Theresy, ale udało jej się zdobyć na uśmiech dla Richarda, gdy podszedł, by stanąć obok niej, kładąc dłoń na jej ramieniu i pochylając się, by spojrzeć na dziecko w jej ramionach. — Mamy córki bliźniaczki, Richardzie — zdołała wydusić przez gulę w gardle.

— Są piękne — powiedział cicho. — Muszę wysłać wiadomość do brata Laury.

Theresa zamknęła oczy, ale skinęła głową. Książę Allanworth mógł mieć inne plany co do swoich siostrzenic; mogła tylko mieć nadzieję, że pozwoli jej i Richardowi zatrzymać dzieci. Znowu złamałoby jej to serce, gdyby i je straciła.

Rozdział trzynasty

Słońce wisiało nisko na niebie, rzucając długie cienie na Belle Haven. Richard stał u boku Theresy, jego silna dłoń ściskała jej rękę dla otuchy, gdy czekali na przybycie księcia Allanworth. Powietrze było gęste od zapachu kwitnących róż i świeżo wzruszonej ziemi, co stanowiło słodko-gorzkie przypomnienie, że życie toczy się dalej pośród straty.

— Jesteś pewna, że tego właśnie chcesz, Thereso? — zapytał Richard, spoglądając na nią z góry.

Theresa skinęła głową, a jej oczy lśniły przekonaniem.

— Tak, wierzę, że tak będzie najlepiej dla bliźniaczek. Zasługują na miłość i opiekę, taką samą, jaką obdarzamy nasze pozostałe córki.

Jak na zawołanie, w oddali rozległ się tętent kopyt, który stawał się coraz głośniejszy w miarę zbliżania się powozu księcia. Wkrótce elegancki ekwipaż zatrzymał się u podnóża schodów, a lokaj zeskoczył na dół, by otworzyć drzwiczki i opuścić stopień.

Książę Allanworth był młodszy, niż wyobrażał to sobie Richard, nie starszy od niego samego. Jasnowłosy i niebieskooki jak jego siostra, miał oczy zaczerwienione od żalu.

— Wasza Wysokość — przywitał go Richard z pełnym szacunku ukłonem, a jego głos był posępny.

— Sir Richardzie, lady Bell — odpowiedział książę, wyciągając dłoń, by uścisnąć rękę Richarda. — Jestem wam niezmiernie wdzięczny za wszystko, co zrobiliście dla mojej siostry.

— Proszę o tym nie myśleć, Wasza Wysokość — odparł Richard, a z jego tonu biło współczucie. — Zrobiliśmy to, co zrobiłby każdy przyzwoity człowiek.

— Czy chciałby Wasza Wysokość poznać córki Laury? — zapytała cicho Theresa.

Książę zawahał się, ale po chwili skinął głową. — Chciałbym. Bardzo, dziękuję.

— Zatem proszę tędy. — Richard poczuł, jak dłoń Theresy wsuwa się w jego, gdy odwrócił się, by wrócić do domu, i uśmiechnął się do niej uspokajająco. Znał jej obawę, że książę już podjął decyzję co do przyszłości dzieci Laury i odrzuci ich propozycję.

— Wyglądają jak Laura — powiedział cicho książę, spoglądając na śpiące w kołysce dziewczynki, obie o delikatnych blond włoskach i porcelanowej cerze. — Ale takie małe i kruche! Mam syna... nie był tak drobny jak one. Czy one...? — Zdawał się nie być w stanie zadać tego pytania. Czy przeżyją, w przeciwieństwie do ich matki?

— Położna powiedziała nam, że to nierzadkie, by bliźnięta były mniejsze od innych dzieci — uspokoiła go Theresa. — Są jednak całkiem silne. Znaleźliśmy mamkę z Basingstoke, która mówi, że obie dobrze jedzą. Wierzymy, że będą się dobrze chować.

— Należy mieć nadzieję — mruknął książę, a jego wzrok spoczął na maleńkich twarzyczkach dzieci lady Laury. W tym momencie jedno z niemowląt obudziło się z płaczem; natychmiast ocknęła się też jej siostra.

Instynktownie Richard i Theresa wyciągnęli ręce, by podnieść dzieci, ale książę ich uprzedził, biorąc obie dziewczynki w ramiona.

— Nie mogę znieść myśli, że dzieci Laury miałyby trafić do sierocińca — wykrzyknął książę drżącym głosem, tuląc bratanice do piersi. — Co robić?

— Wasza Wysokość, jest coś, co chcielibyśmy z Panem omówić — zaczęła nieśmiało Theresa. Spojrzała na Richarda, który dodał jej otuchy, ściskając jej dłoń, po czym kontynuowała. — Chcielibyśmy zaoferować bliźniaczkom dom. Już zdążyliśmy się do nich bardzo przywiązać i wierzymy, że w ich najlepszym interesie będzie pozostanie tutaj, w Belle Haven.

Książę spojrzał na nią z nieodgadnionym wyrazem twarzy, po czym westchnął, a ciężar decyzji zdawał się przygniatać jego barki. — Nie potrafię sobie wyobrazić lepszego domu dla tych cennych dzieci niż u was — oświadczył w końcu głosem zdławionym wzruszeniem. — Wiem, że moja siostra spoczywałaby w spokoju, wiedząc, że są w tak kompetentnych i kochających rękach.

— Dziękuję, Wasza Wysokość — odparł Richard, wdzięczny i dumny, że książę obdarzył ich takim zaufaniem. Gwarna, niekonwencjonalna rodzina w Belle Haven zyskała dwie nowe członkinie, a Richard nie mógł pozbyć się wrażenia, że los po raz kolejny poprowadził ich tą nieoczekiwaną ścieżką.

— Dziękuję — szepnął książę, oddając niemowlęta Theresie. — Dopilnuję, by zapewniono środki na ich utrzymanie, i zawsze będę je wspierał jako wuj, nawet jeśli ta relacja nigdy nie będzie mogła zostać publicznie ujawniona.

— Rozumiemy, Wasza Wysokość — powiedział Richard. — Damy tym dzieciom miłość i rodzinę, na jaką zasługują.

Usta księcia zadrżały, gdy spojrzał na Richarda, ale zmusił się do uśmiechu. — Będziemy się często widywać przez najbliższe lata, sir Richardzie. Proszę mówić mi Allanworth.

— Może pokazałbyś Jego Wysokości stajnie, Richardzie? — Theresa delikatnie popchnęła ich obu w stronę drzwi. — Dziewczynki muszą zjeść. Idźcie już.

Allanworth zatrzymał się, po czym skłonił się jej bardzo głęboko i z szacunkiem. — Gdyby kiedykolwiek pani czegoś potrzebowała, lady Bell, dla dziewczynek, dla siebie lub dla któregokolwiek z pani pozostałych dzieci, błagam, by natychmiast pani do mnie posłała. Mam wobec pani dług, którego nigdy nie zdołam spłacić, ale z pewnością będę próbował.

Minęły miesiące, odkąd książę powierzył cenne bliźniaczki Laury Richardowi i Theresie, a życie w Belle Haven wróciło do wygodnego rytmu. Posiadłość wypełniały śmiech i miłość, gdy Richard i Theresa wkładali całe serce w wychowanie dwóch małych dziewczynek wraz ze starszymi, adoptowanymi córkami.

Dzień chrztu nastał jasny i pogodny, a promienie słońca, wpadając przez ołowiane okna wielkiej posiadłości, rzucały złote wzory na lśniące podłogi. Gdy rodzina zebrała się w salonie, ubrana w najlepsze stroje, w powietrzu unosiło się podekscytowanie.

— Jesteś pewna, że wszystko przygotowaliśmy? — zapytała niespokojnie Theresa, drżącymi dłońmi wygładzając spódnicę.

— Oczywiście, moja droga — zapewnił ją Richard, a jego oczy błyszczały uczuciem. — Nasza służba nigdy nas nie zawiodła.

Theresa skinęła głową, biorąc głęboki oddech, by się uspokoić. Spojrzała na swoje adoptowane córki, które zachwycały się swoimi małymi siostrzyczkami, a ich twarze promieniały dumą i radością.

— Widzisz, mamo? — Clara uśmiechnęła się promiennie, poprawiając koronkowy czepek na główce jednego z niemowląt. — Wyglądają jak małe aniołki!

— Rzeczywiście — zgodziła się Theresa, a jej serce przepełniała miłość do tej niekonwencjonalnej rodziny.

— Czy możemy już iść? — zapytał Richard, podając żonie ramię, gdy lokaj otworzył drzwi, za którymi rozciągał się skąpany w słońcu dziedziniec.

Razem wyszli na zewnątrz, czując ciepło słońca na twarzach, i ruszyli w stronę wiejskiego kościoła. W środku ławki były wypełnione przyjaciółmi i sąsiadami, którzy z niecierpliwością czekali, by być świadkami chrztu najnowszych domowników Belle Haven.

— Witam wszystkich — zaczął wikary, a jego głos odbijał się echem od wiekowych, kamiennych murów. — Zebraliśmy się tu dzisiaj, aby uczcić chrzest tych pięknych dzieci i powitać je w naszej wspólnocie. Jakie imiona otrzymają te dzieci? — zapytał pan Fallon, kierując wzrok na Richarda i Theresę.

— Laura Jane — ogłosił z dumą Richard, czule kołysząc w ramionach jedną z bliźniaczek, gdy wymawiał jej imię. Książę Allanworth nie mógł być obecny, ale poprosił, aby jedno z dzieci Laury otrzymało jej imię. Dla drugiej bliźniaczki Richard wybrał imię swojej własnej matki.

— Charlotte Grace — powiedziała Theresa, tuląc drugie niemowlę do serca.

— Laura Jane i Charlotte Grace — powtórzył wikary, zanurzając palce w wodzie święconej i delikatnie namaszczając czoło każdego dziecka. — Chrzczę cię w imię Ojca i Syna, i Ducha Świętego.

Gdy ceremonia dobiegła końca, Richard i Theresa stanęli przed zgromadzonymi bliskimi, a ich twarze jaśniały radością i dumą. Czuli się prawdziwie błogosławieni, że powierzono im opiekę nad tymi cennymi dziewczynkami, i wiedzieli, że razem zapewnią im całą miłość i wsparcie, jakich potrzebowały, by dobrze się rozwijać w nowym domu w Belle Haven.

— Dziękuję wszystkim za przybycie w ten wyjątkowy dzień — powiedziała Theresa, zwracając się do tłumu. — Jesteśmy tak wdzięczni, że jesteście tu wszyscy z nami, aby pomóc nam powitać Laurę i Charlotte w naszej rodzinie.

— Niech Bóg błogosławi je i wszystkich, którzy mieszkają w tych murach — dodał Richard, wodząc wzrokiem po sali i przyglądając się twarzom tych, którzy przybyli, by świętować razem z nimi.

— Słusznie, słusznie! — Goście wznieśli toast, a powietrze wypełnił śmiech i dobre życzenia, gdy uroczystość chrzcielna rozpoczęła się na dobre.

W ciepłym, skąpanym w słońcu pokoju dziecinnym w Belle Haven Theresa zachwycała się widokiem, który miała przed oczami. Richard siedział w pluszowym fotelu, kołysząc najnowsze członkinie rodziny, Laurę i Charlotte, z taką czułością, że do oczu napłynęły jej łzy. Bliźniaczki leżały wtulone w niego, a ich radosne gaworzenie i bezzębne uśmiechy rozjaśniały nawet najmroczniejsze dni.

— Spójrz na nie, Thereso — powiedział cicho Richard, a jego jasne, niebieskie oczy lśniły miłością, gdy spojrzał na nią. — Widziałaś kiedyś coś tak doskonałego?

Theresa potrząsnęła głową z czułym uśmiechem na twarzy. — Nigdy, mój drogi. Wpasowały się w naszą tętniącą życiem rodzinę tak, jakby od zawsze było im tu pisane.

Jak na zawołanie, do pokoju wpadły ich starsze córki, chichocząc i żartobliwie się przepychając. Zebrały się wokół fotela ojca, wszystkie chętne, by roztkliwiać się nad nowymi siostrzyczkami.

— Czy mogę potrzymać Lottie, tato? — zapytała Clara, a jej wielkie oczy błagały.

— Oczywiście — odparł Richard, delikatnie wkładając Charlotte w wyciągnięte ramiona Clary. — Pamiętaj, żeby podtrzymywać jej główkę, tak jak ci pokazywałem.

Clara poważnie skinęła głową, starając się naśladować delikatny dotyk Richarda. — Będę, tato.

— Będzie super, jak już urosną na tyle, żeby się z nami bawić — powiedziała Eliza. Uniosła swojego ukochanego konika-zabawkę przed Laurą, a niebieskie oczka dziecka otworzyły się szeroko. Jedna pulchna rączka wyciągnęła się, próbując chwycić zabawkę. — Widzisz, tato, już lubi konie!

— Thereso — szepnął Richard, obserwując tę scenę z wyrazem czystego szczęścia na twarzy. — Nigdy nie sądziłem, że moje serce pomieści tyle miłości.

— Ja też nie — zgodziła się Theresa, a jej własne oczy zaszkliły się ze wzruszenia. — Jesteśmy prawdziwie błogosławieni.

Theresa poprawiła delikatne koronkowe serwetki na stoliku w salonie frontowym. Powietrze wypełniał zapach świeżych róż z bukietu, a ich płatki stanowiły żywą eksplozję czerwieni i różu. Spojrzała na zegar na kominku, a jej serce zatrzepotało w oczekiwaniu. Pani Hatton, jej dawna przełożona z sierocińca przy Duke Street, miała przybyć lada chwila z wizytą, by zobaczyć, jak radzą sobie Mary i Rebecca, dwie młode kobiety, które zostały u nich umieszczone jako pomocnica gospodyni i guwernantka.

— Thereso, kochanie, jesteś pewna, że wszystko jest w porządku? — zapytał Richard, wchodząc do pokoju. Nietypowo dla niego, on również wydawał się zdenerwowany.

— Całkowicie pewna, mój drogi — odparła, posyłając mu uspokajający uśmiech. — Chcę tylko, żeby pani Hatton zobaczyła, jak dobrze nam się wszystkim powodzi. Wiem, że Mary i Rebecca są szczęśliwe; nie martwię się tym, co jej powiedzą, gdy będzie z nimi rozmawiać.

Dźwięk kół powozu chrzęszczących na żwirowym podjeździe wywołał dreszcz podniecenia na plecach Theresy. Pospieszyła do okna i wyjrzała na zewnątrz, by zobaczyć wysiadającą z pojazdu panią Hatton, której surowe rysy złagodziła nuta ciekawości.

— Richardzie, już jest! — wykrzyknęła Theresa, nerwowo wygładzając spódnice.

— Spokojnie, moja najdroższa. Wszystko będzie dobrze — mruknął, kładąc jej pocieszająco dłoń na ramieniu.

Gdy otworzyli drzwi, by powitać panią Hatton, spojrzenie przełożonej omiotło radosny chaos Belle Haven. Dzieci biegały po łące na zewnątrz, a ich śmiech brzmiał jak muzyka, gdy bawiły się i turlały wokół ukochanych koni rodziny.

— Pani Hatton, witamy w naszym domu — powiedział ciepło Richard, wyciągając rękę.

— Dziękuję — odparła pani Hatton. Jej oczy rozszerzyły się nieznacznie, gdy ogarnęła wzrokiem wesoły nieład, ale zamiast dezaprobaty, której obawiała się Theresa, na twarzy przełożonej zakwitł szczery uśmiech. — Mój Boże, co za tętniące życiem domostwo!

— Rzeczywiście, nigdy nie brakuje nam rozrywki — zaśmiał się Richard.

Gdy zasiedli w salonie na herbatę, pani Hatton obserwowała swobodne interakcje rodziny z zamyśleniem. W końcu odezwała się łagodnym i ciepłym głosem.

— Thereso, muszę przyznać, że początkowo nie byłam pewna co do twojej decyzji o poślubieniu sir Richarda i dołączeniu do tego... niekonwencjonalnego domu. Ale widząc miłość i szczęście, które wypełniają te mury, teraz rozumiem, dlaczego wybrałaś tę drogę.

— Pani Hatton — szepnęła Theresa, a łzy napłynęły jej do oczu — nie jestem w stanie wyrazić, jak wiele to dla mnie znaczy.

— Tam, gdzie inni widzieli skandal i hańbę w przygarnięciu tych dzieci, pani i sir Richard dostrzegliście istoty ludzkie godne szacunku i miłości — kontynuowała pani

Hatton, a jej wzrok zatrzymał się na szczęśliwych twarzach wokół. — Stworzyliście dom, w którym wszyscy są mile widziani i wszyscy są cenieni.

— Dziękuję — wydyszała Theresa, czując, jak Richard ściska jej dłoń w cichym geście wsparcia. — To wszystko, czego kiedykolwiek pragnęliśmy – miejsca, w którym miłość nie zna granic.

I gdy słońce chyliło się ku zachodowi, rzucając złote światło na obraz radości i zadowolenia, który wypełniał Belle Haven, Theresa wiedziała, że im się udało. W obliczu przeciwności i osądów zbudowali przystań, w której miłość królowała niepodzielnie – a nie było większego osiągnięcia niż to.

Mam nadzieję, że spodobała Ci się historia miłosna Teresy i Richarda! Ta książka jest prequelem mojego cyklu **Panny z Belle Haven**, który opowiada o dorastaniu adoptowanych córek Teresy i Richarda – o tym, jak odmawiają pozwolenia, by zdefiniowały je skandaliczne okoliczności ich narodzin, i jak każda z nich odnajduje własną historię miłosną. Oczywiście musiałam zacząć od Molly; jej losy poznasz w tomie pierwszym, **Panna Molly i uparty major**.

Inne książki autorki
Catherine Bilson

Rumieniące się panny

Hrabia dla Ellen

Markiz dla Marianne

Książę dla Diany

Kapitan dla Clarissy

Panny z Belle Haven

Narzeczona z Belle Haven
  Panna Molly i uparty major
  Panna Clara i markiz
  Pomyłka panny Anny
  Panna Eliza przejmuje ster
  Kłopoty z panną Charlotte
  Zakochana panna Laura
  Wścibska panna Louise

St. George i Potwór z Rzeki (tylko dla subskrybentów newslettera)

Poznaj wszystkie publikacje Shenanigans Press, odwiedzając naszą stronę internetową, https://www.she naniganspress.com/pl!

Możesz też obserwować nas w mediach społecznościowych – jesteśmy na Facebooku i Instagramie (@ShenanigansPressPolska)

I nie zapomnij zapisać się do naszego newslettera, aby otrzymywać informacje o nowościach, promocjach, konkursach i wiele więcej!